林深见鹿

2023
中国年度散文诗

王剑冰 ■ 选编

LIN
SHEN
JIAN
LU

漓江出版社
·桂林·

图书在版编目（C I P）数据

林深见鹿：2023 中国年度散文诗 / 王剑冰选编 .--
桂林：漓江出版社，2024.2
ISBN 978-7-5407-9714-0

Ⅰ.①林… Ⅱ.①王… Ⅲ.①散文诗—诗集—中国—
当代 Ⅳ.① I227.6

中国国家版本馆 CIP 数据核字（2024）第 000371 号

LIN SHEN JIAN LU：2023 ZHONGGUO NIANDU SANWENSHI

林深见鹿：2023 中国年度散文诗
王剑冰　选编

出版人：刘迪才
责任编辑：谢青芸
助理编辑：叶露棋
书籍设计：石绍康
责任监印：张璐

出版发行：漓江出版社有限公司
社址：广西桂林市南环路 22 号　邮编：541002
发行电话：010-85891290　0773-2582200
邮购热线：0773-2582200
网址：www.lijiangbooks.com
微信公众号：lijiangpress
印制：北京中科印刷有限公司
[北京市通州区宋庄工业区 1 号楼 101 号　邮编：101118]
开本：690mm×1000mm　1/16
印张：19.5　字数：275 千字
版次：2024 年 2 月第 1 版
印次：2024 年 2 月第 1 次印刷
书号：ISBN 978-7-5407-9714-0
定价：48.00 元

目 录
contents

辑 一

辑 二

辑　三

辑 四

辑 五

辑 六

辑 七

辑 八

辑 一

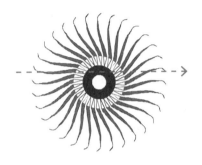

工厂的声音

张笃德

工厂的声音

身在其中是听不到的，身在其外那就更听不到了。

韵律优美、节奏铿锵的不是工厂的声音，叮叮当当、听着烦心的不是工厂的声音。

什么是工厂的声音？我用近二十年的时间，俯下身子倾听，低下头倾听，跪下双膝倾听，把耳朵置于工业的胸膛里倾听，才隐约听到一些工厂的声音。

这声音从白天响到夜晚，从夜晚响到黎明，起初是蜂鸣鼓噪耳膜，365 天 24 小时从不间断，不是被麻木得不以为意，就是习惯中成了生命的一种律动。

有时是单一的，一串清脆的响铃从厂房里传出来，天车的窗口里探出一张年轻充满生气的面容；有时是复杂的，乒乒乓乓夹杂着嘈杂和鸣叫，像生活中的厮打和争吵；有时是有形的，譬如工厂的夜里富有节奏的声响，像亲人打着鼾声的睡眠；有时是无形的，隐秘、细小或者巨大，突然，在忙碌和变化中侵袭绷紧的神经。

这就是工厂的声音吗？我更留恋以前上下班时车水马龙的人流中，自行车欢快的铃声，还有一身轻松地哼着的小曲或吹响的口哨，更喜欢走进厂门时听年轻女播音员，甜甜的问候和配乐诗朗诵……

究竟什么才是工厂的声音呢？离开厂区，工友们送别的话语，从厂房里急三火四地喷涌出来，高一声，低一声，在钢铁间撞击出火花，少女尖细的铃音从天车上慢一阵，紧一阵地尾随你，在设备间折过来，转过去，穿透血肉与筋骨，厚重的如雷鸣，婉转的似鸟啼，声音如同蜂鸟不停地向你袭来，汹涌的潮汐般拍打你的胸膛，直至把你的泪水从眼眶里推搡出来。

节　日

挂上了彩灯，装饰了门面，机器轰鸣声明显减弱，厂区内十分寂静，这就是节日了。

工厂的节日是静寂的，有如黎明破晓前的静、战斗间歇里的静、医院病房里的静、学校教室里的静、一个人思考着的静、气流嘘嘘作响的静、电流运行嗡嗡蜂鸣的静、机械设备有规律地咬着牙齿的静……

如果静寂是工厂的节日，那喧嚣、繁忙、热烈、铿锵，上班人声鼎沸，下班铃声汹涌，厂房里机声轰响，犹如千军万马战的厮杀，交相辉映的弧光，伴着交响乐的节奏，史诗般恢宏，是不是工厂的节日呢？！

工厂的节日在节日之外欢庆，工人的劳动在节日之外沸腾，工厂的每一刻都轰轰烈烈，工作的每一天都紧张得热血奔涌，无论白天激情似火，无论夜晚灯火通明，劳动的每一个动作都击响生命澎湃的鼓点，劳动的每一瞬间都是热爱生活的生动造型。

工厂在节日里寂静，我们的时代在节日里更加火红。

工人是什么样的人

穿上工作服身体就会充满力量。

男工长得像铁锤模样，女工长得像 S 形磁铁。

皮肤在工业的照耀下黑里透红，冒着火星。

钢筋和水泥做筋骨，吼一声地球也要抖三抖，汗水掉在地上摔成八瓣，手上的厚茧四季花开不败，人生字典里永远只有两个字——劳动。

陪伴和守护工厂睡眠，梦里机器上开满鲜花，为各种设备输入血液、注入营养液，手脚与各种开关连接不停对话，庖丁手里的刀一样在工厂的骨骼中灵活穿行。

工人，始终是国家的重要组成部分，被改革鼓舞和感召，激情澎湃，无私忘我，肩负责任和使命，把裤腰带勒进肉里，推动历史车轮滚滚向前，而自身被烟尘淹没，一无所有，无怨无悔。

把自己打扮成英雄

每到年底，工厂都要文艺汇演，工友们到处租借演出服，脸上描红画绿，琴声、锣鼓声从休息室里没早没晚地传出来。

终于忙完一年的工作，放下手中的工具，远离噪音，脱掉一身汗碱味、满是油渍的工装，打上领带，换上披金戴银格外抢眼好看的演出服，光彩照人。

把自己打扮成英雄，豪气冲天，人生得意，很小资很惬意地扭动腰肢，张扬自己，崇尚美，换一种活法。

被掌声簇拥着走上舞台，华光异彩，隆重出场，一群桀骜不驯的兄弟，寻找轰轰烈烈的青春和热血，幸福仿佛轰然打开了闸门。困顿、束缚破茧而出，忘掉卑微，让人生顺意，痛快淋漓。

骑自行车的工友

骑着骑着，同行的伙伴越来越少；骑着骑着，逼仄的路没有了方向；骑着骑着，就像农民下地或者回家，赶着的毛驴靠习惯就能默默找到自己的归宿和位置。

最得意的时候是过去，工友和自行车在工厂或者生活区穿行，遇到朴素像大白菜一样的爱情，工友把自行车骑成一团火，自行车骄傲得把漂亮的女孩颠得老高。

也有背的时候，下夜班，骑着骑着掉进沟里，龇牙咧嘴的，不仅是自行车还有工友自己，相互搀扶的模样像战场上，溃败下来的患难兄弟。

也有英勇的时候，工厂出事故，或者设备排险、处理安全应急问题，工友把自行车骑成一道闪电，那阵势真像《亮剑》里冲锋的骑兵战士。

最开心的时候是拿奖金、当劳模，自行车被擦得锃明瓦亮，工友把自行车骑成阳光还有风，骑着骑着内心的幸福和美好，歌一样飞了起来。

可今天，骑自行车的工友被机动车的尾气熏得睁不开眼睛，被灰尘暴土压迫得抬不起头来，经常看到喝得酩酊大醉的工友，横躺在离工厂很近很近的小酒馆门前，竖卧着的自行车也是朝着工厂的方向。

厂 志

像打开工厂大门一样，打开一部大书的扉页，打开黑白相间、有声有色的工厂的肺。

红色封面上烫着金字，交响乐般气势恢宏的记忆，在一页页翻转中，轰隆隆的火车头一样扑面而来。

厂志，适合一个人静静地读，这样才能听到工厂的脉搏和心跳；光着膀子读，像在工作中大汗淋漓的样子；戴着安全帽读，以防书中哪一个坠物，从高空掉下，砸破脑袋成为上报不了的安全事故；戴着绝缘手套读，以防如丝如麻的线路，电你个措手不及乃至被击昏，四肢上留下电流的窟窿；戴着防护眼镜读，以防飞溅的铝水、切割钢铁时闪烁的火星、焊接时产生的弧光，瞬间让眼睛失明……

穿好工作服读，这样才能找回在工厂里工作时的感觉，那一行行文字、标点、数据、人名，彼此不再陌生。

暗夜一样岑寂的文字就会一点点有了暖意。

读时还要穿上铁头的翻毛工作鞋，读到车间深处，走在铁钉、木头、钢筋、水泥桩上，不至于扎破脚底，砸伤脚面或者被杂物绊倒。

用经纬仪、水准仪、标尺读工厂里的基建部分；用游标卡尺、千分尺读设备的精准尺寸；用显微镜、光谱分析仪读铝、镁、硅、钛的纯度；用计算机和大屏幕显示器读生产进度和经济指标；用月光和手电筒读隐患、漏洞，读亏损的额度。

用电表、水表、气压表、油泵表读工人的幸福指数；用心读一个工厂的日日夜夜，读改革发展的蓝图。

读厂志时最好是在冬天来临之前，秋阳的余温尚可抵御内心的风寒，趁废弃的厂房还没有拆除，设备在荒草中的锈还没有侵蚀到骨头，工厂的前世今生还有活着的证据，趁工厂的呼吸真实而生动。

原载《散文诗》2023 年第 5 期

动车分娩

徐 庶

向晚，是分娩的时节。看：一轮夕阳怎样生出苍山？
看动车，像一头发情兽，咆哮而去，身后瞬间生出两排
明晃晃的铁。

"哐——哐——"尖叫落地的铁，有整齐的步伐，在广袤中延续广袤。它串
起山川、河谷、清风、爱情和语言。

铁生下来，丝线一样柔软，抛出去是大河大江。一声吆喝，是围拢来的
远方。

彩 蝶

她趴在草叶间，草叶瞬间成为绽开的花朵。她从一声尖叫中来，她的名字
叫"尖叫"。

她从赞美中来，把赞美又赞美了一遍。她起舞，偌大的铜锣山，也跟着篝
火舞动。

溪流站起来，成为瀑布，用瀑布的礼仪鼓掌，云朵落在水中。

她一出生就背负沉沉光环，她一生追求的是，把光环退给山野。

翅　膀

暴雨夺走天空时，世界已不需要飞翔。

水池中，像刚刚发生一场空难：翅翼七零八落。

折翅的蚊蝇，已不是蚊蝇，像一个个幸存者在回忆什么。

——当什么都得交出时，只有梦可以不交。

飓风之后，苍天不在天上，重新活在水中，看上去与真的一样，没有一丝纰漏。

而那么多水波中挣扎着的微生灵，顷刻被时间领走。

红　豆

趁人相思时，照母山被红豆占领了。

那么多低头怀春的红豆，把一座山也压弯了。

这时节，当你试图忘记，幸好有红豆，幸好，红豆并不夺人所念。

两个年轻人，一人摊开一只手，在一粒豆上搓出闪电。

人世无奈啊，往往拿一粒豆撒气。

雨季，那么多红豆再没人领，那么多相思，就要成为一个个悬案。

原载《青年文学》2023 年第 9 期

脉　动

陈于晓

泥土松软

一踩一个脚印，泥土是如此松软，仿佛只要稍稍踩得重一些，田垄就会塌下去，陷落成花海中的一汪溪流。

是一汪溪流么？其实那毛茸茸的小径，更像是一尾小青蛇，在原野的深处游动。这"深"，是草木所营造的意境，这草木铺叠着，又何尝不是松软泥土的一种。

流水在漫上来，如同光阴在涨，水的浸泡，让泥土愈加松软了。

请学会用鳃呼吸，在泥土的松软中，你很可能将变作一尾鱼。

粼粼波光中的犁，就是那一尾鱼，它在犁开拖泥带水的春天。而春天，也早已在广袤之中，跃成一尾鲜蹦活跳的鱼。

松软的泥土，常常介于水与泥土之间，而这一条分界线，又是那么模糊，或者并不存在。往事、脚印、根……一切柔软或者刚硬的事物，最终都将陷于松软之中，慢慢地失去影踪。

或者，最终一切都将消失于虚幻。而现在，万物在生长，在用郁郁葱葱，把松软掩盖，把松软遗忘，把松软忽略，仿佛松软从来不曾存在过。

地　气

原野之上，那些氤氲的事物，比如低处的云雾、晨曦和霞光，都是可以叫作地气的。当你感受到地气的时候，你就触摸到了大地的呼吸。

这样的呼吸，如此宁静，当被庄稼布满，大地总是如此心无波澜。泥土憨厚踏实，它沉得住气，所以所有的地气，哪怕是那些正在腾挪着的地气，也将被庄稼缓缓吸入，最终回归泥土。

大地当然是有灵魂的，大地的灵魂若是看得见，也许就是地气的模样。但灵魂总会飘逸一会儿，较之于身子，灵魂要轻盈许多。当你在大地上穿梭，邂逅地气中的灵魂，你或许就可以获取生命所需的能量了。

不仅庄稼和草木，大地之上所有的一切，包括道路、楼宇、山川、河流，也许都只有汲取了地气，才会拥有向上拔节的力量。只是所有向上的事物，最终都将回到脚踏实地。

也因此，光着脚走在田垄上的人，更容易感知岁月的冷暖，也更容易成为众多庄稼中最谦卑的一株。

和草木说话

常常仰望星空的人，也常常会俯下身子和草木说话。这是一种境界，比如在暮色渐浓之后，走到辽阔中去，就会发现天空和大地，其实挨得很近，在稍远处，简直就合在了一起。

天地如此浩瀚，而你不过是渺小的一粒。璀璨的星群之中，或者有一颗是你，或者哪一颗都不是你，但这似乎并不重要。你的位置被安排在大地之上，当你置身在草木之中，就幻化成了草木一株。这时，你会发现，所有的草木都在走动，都在说话，百态的风情中，有着百味的喜怒哀乐，而这草木的世间与人世间，其实是一样的。

和草木说话，你会察觉到它们中的一些，其实是从时空中飘来的，仔细辨别，不过是影子，它们在穿梭着，却找不到对应之物，它们只是影子。它们有时附身于现实的草木，有时就浮现在你的恍惚里。

万物皆有影子，而这些影子，很多的已被时间掩藏。和万物相处久了，万物皆已成为朋友。

时间的秘密

回到老家，我掏出了一面镜子。这些年，我把时间都储存在镜子中，时不时地掏出一些旧年的风物，而现实中的老家，早就物已不是，人也已非。

一年里，田园中，一些庄稼取代了另一些庄稼；一年又一年，村上的花名册上，一些名字取代了另一些名字。

这一切，都是时间制造的。时间这双手，在不停地收割，不停地播种，不停地更换着大地之上的一切。曾经的河流消失了，隔着的时空长一些，或者沧海也已变作桑田。

时间是无形的，很多时候，我感觉不到它的存在；时间又是有形的，花开花落，草枯草荣，就是时间的手，在轻轻拂动。生活在时间里的我们，只是时间长河中的浪花，微不足道的一朵。

只有时间，才会永恒。而永恒的时间，不过是一面镜子。镜子虚幻，却可以源源不断地制造虚幻。而时间的秘密，或许就藏在这一面镜子中。

时间有秘密么？当你获悉一些秘密时，另一些又成为秘密。你也不过是时间的一个影子，哪怕你在镜子之外。

脉　动

立春、雨水、惊蛰、春分、清明、谷雨、立夏、小满、芒种、夏至、小暑、大暑、立秋、处暑、白露、秋分、寒露、霜降、立冬、小雪、大雪、冬至、小寒、大寒……

愈来愈相信，这些节气中，都是住着神的。是神把这些节气，编织成了郁郁葱葱的风景。

为什么仅凭一粒种子，有时甚至没有种子，这泥土就会长出万物，并且还是什么季节生长什么？阳光、水、空气和泥土，是如何生产这些神奇的？在乡间的时候，我一直在寻找答案，在万物的周而复始中，我始终没有找到答案。

这世间的事物，总是如此相仿，比如，捞起一张水网，倘若让它直立，也许就是一棵枝繁叶茂的大树；而一棵大树倘若平躺，也就是一张水网了。而一个人，最终也将走成一棵树。

我们，又常常出入在现实与梦幻之间。

那些看得见或者看不见的流水，在万物之中流淌着。所有的声响，都将沉淀成心跳。在古老的传说中，人也是泥土做的。如此，当我轻叩着脉搏，一想到"脉动"，就忍不住热泪盈眶。

原载《大湾》2023 年第 1 期

宁静的光泽

张道发

宁静的光泽

村庄的夜，遍地的星光是温润的，散发露水宁静的光泽。

一匹风路过暗黑的窗口，一盏小灯在丘岗上拐着弯走路。

两个人在刚发芽的杨树林里低声说话，声音越过高低不平的小路传来，像两棵恋爱的草木拂动清香。

跟着一只黑猫穿过星光下的村巷，听见谁家的乳儿在明亮地啼哭，谁家的老人在纸烟味中喃喃自语，谁家留守的妇人将胆小的夜抵住……

每每经历这样的时刻，我就莫名地难过，满天的星光在心中轻轻荡漾。

晒麦的场院

院子里汪着阳光，晒麦的场院没有扫尽，零零星星的几粒麦子，诱惑柿园里的鸟雀。

这是母亲留给鸟雀们的吧。

阳光在四野明亮着，门洞口的阴影一直伸进更深的屋子里，里面的桌子上堆着干净的碗具和父亲喝剩的半瓶酒。

母亲坐在门洞口剥豆子，豆荚散落在四周。鸡娃们走走停停，不时有两只打闹在一起，惹得母亲扬起手又轻轻垂下来，话语竟是疼孙子的口气。

四周是花生地，垄沟里蒿草长得茂盛，虫子们在里面唱歌，有蚂蚱飞出来，蹦蹦跳跳地被母鸡们追逐。

寂静的村子似乎少了些人气，心里就要被寂寞占据的时候，邻家飘来的炊烟味，一下子将人间的气味搅浓了。

云山移动

风更大些的时候，云山移动得更快，一群群低头赶路，像是去赴一个约会。我不晓得这么多的云，最终都堆到哪里去了？

云天之下，鸟叫声从棉花田漏出来。棉花开得正好，摘棉花的人一声不响，身边滚动着一个小小的竹篮。

田埂旁的酸枣枝上，野蜂巢结得又大又黑，野蜂抖开的翅膀里，隐藏着一个斑斓的春天。

远远近近，野蜂飞舞，秋风扇动得更稠。

田里埋头干活的人，时而甩动酸麻的胳膊，抬眼望望日影。

瞬间的目眩中，风吹乱的头发遮住眼睛。

月亮来到井台边洗头

深秋的早晨，乡村醒得迟，月亮一个人来到井台边洗头，皂角的清香随透明的风，拂得很远。

一个怕误了进城班车而起早赶路的男人，肩上吭哧的铺盖惊动门外的狗，随后带动一村庄的吠声追赶。地上的清霜化成露水。

昨夜的落叶又多了些，我走在上面一会儿工夫，旧布鞋的鞋面就湿了。

身后的声音咔嚓回响，回头时，又有落叶盖住刚才的脚印。

秋思绵长，让人不敢深想。

隔着墙头，一支低缓的老歌由少妇清亮的嗓音唱出来是多么美好，内心堆积的伤感已悄然融化。

栀子香

我和她在黄昏最后的微笑里相遇，目光绞在一起，又各自扯开了，低头擦肩而过，没有打招呼。

回头瞥见她的鬓边插有一朵栀子花，那一点香香的白，深暮的月光里一闪，不见了。

秧田中的水光照着我回家的路。

回到灯下，慢慢地我闻到了她留下来的一缕栀子花香。

她是我邻家的小媳妇，我应唤她小婶婶。

我们照面没说过一句话，目光偶尔碰到一起，各自游走了。

想起她怀孕时饱满的身子和黑发丛中斜插的栀子花，我的心没来由地跳得快了些。

几个女人坐在树影里

几个女人坐在树影里，说着男人，说着女人，说着孩子。一阵阵闹得疯傻。

年纪最轻的那个女子，稍远一些坐着，不停地用手摸着孕妇衫下拱起的小腹，一直抿着嘴笑。

东南风越刮越稠，酸梅快熟了吧。

两只布谷鸟一问一答叫得缠绵。

母亲这样形容四月天

母亲这样形容四月天："树荫打伞，棉籽跑反。"

所见之处，村庄的棉籽们从去年的棉柴上跑下来，坐在新挖出的塘泥上微笑。

做棉碗的女人谦和地弯下腰身，不时用衣袖揩一下脸，一双手上泛着泥水的光。

头顶上的树荫漏出的阳光，忽而照在她们脸上，也是微笑的。

雏鸡们小小的爪印，叠印在一只只盛着软泥的棉碗上，像是春天刻在上面的印章，青汪汪地调皮。

父亲每夜入睡前

父亲每夜入睡前，总要打灯照一照院子。

一束光线不足的圆形亮光晃来晃去，草垛、柿树、猪舍，甚至地上的落花都被这盏灯细心地关照。

有时候，一只猫突然从黑暗中，跑过他的手电光，窜到院子的拐角处，小声叫唤着，父亲会轻声骂上一句。

父亲熄灯往回走，屋子里的灯光泼在外面一点，他借着这一点光走到门洞口，仍不放心地回头照一遍。咣当一声合上板门。

院子里的柿树、杨树在黑暗里摇响叶子，星光在枝叶间闪烁。

一地的虫声钻出来了，父母亲在熄灯的屋子里小声说话。

屋子外落着霜

你从门外回来，取下绒线帽，喷吐着哈气告诉我：外面落霜了。尔后撩一下垂到眼睑的一缕长发。

你穿一件粉红的线衣，篮子里装着白的萝卜绿的青菜。煤饼炉上的铁锅里熬着绿豆糖粥，融化了的甜味漫得一屋子都是。

我晓得，锅底还埋着两个咸鸭蛋。

我睡在床头，窗玻璃蒙上一层热气，望不见窗外的景物。

门口的柿子又经了一场霜，树上的叶子该如小兽蜕下的毛发，一圈圈地围着树木落下来。

等你从里屋出来，一下子挨坐到我的棉被上，披肩的长发就垂在我的胸口。

屋子里小而温暖，我心里只听见幸福的心跳。

窗外落着霜，霜色将整个村庄都盖住了。

寂寞的孩子

几个孩子迎着朝阳上学，阳光普照着他们苍白的小脸和肩头沉重的书包。

一路上，方言的童声押着铅笔盒哗啷作响。

这些寂寞的孩子要穿过几座村庄，走上三五里地，去那个已没有多少学生的学校上学。

露水打湿他们的球鞋和裤腿，不时，他们耸耸肩膀将书包朝上挪一点。

在那座鸟鸣清朗的校园，这些孩子端正地坐在凳子上。

吹过林梢的风，又吹乱了课桌上翻开的课本，引来一阵不大不小的笑声。

煮粥似的鞭炮声

一年又一年，坟地到村庄的距离越来越近。

中间隔着一片充满人气的庄稼地。

庄稼割完的时候，站在村庄的高处，不用踮脚就能望见先人们的屋顶。

那些屋顶是深秋后落霜的颜色。

老坟地上又传来一阵煮粥似的鞭炮声，听得人总想对着一地的青草，静静哭一场。

晚秋麻雀

飞在秋后风中的麻雀，比树上的叶子还稠。

更多的时候，这些胸无点墨的鸟，呼啦一声飞起，落在邻家的草垛上，叽叽喳喳一阵打湿四周的宁静。

翅上的秋风灰白一片，带动稀稀的阳光漫过场院。这时候，我总会从书本上抬头，望望这些扁豆架下穿过的鸟，它们眼睛里闪烁的光泽，与开得寂静的扁豆花，恰好形成黑白的反差，同时也影响了我心情的走向。

素 夏

一瓣槐花的素静中，鸟雀们衔来了青青初夏。

燕子的燕尾服扇动的风，捎来新婚的气息。过后，衔泥筑巢的夏天，过起了它布衣布衫的小日子。

村街上，多了一些喜吃青梅的孕妇，她们脸上的蝴蝶斑，是人间开得最妩媚的花朵。

门前的线绳晾晒着一件件飘舞的小衣小裤。

粗枝大叶的夏天，开始叫人惦记和心疼了。

鸟粪里的草籽

一头扎进村东这片杨树林，阴凉的风抖落一阵鸟羽腥湿的气息，扑在我的脸上。

树荫下到处丢落着鸟粪，味道有几分清香。

一抬头，飞过的乌鸫将一粒鸟粪落在我的肩头，这是它在跟我打招呼呢。眨眼工夫，它已鸣叫着融进一片树叶深处。

落在我肩头的鸟粪里，竟然有一枚草籽，小如芝麻。

杨树林在上午的鸟声中抬高。四周是一片明亮的阳光，林子显得愈加幽深，一个人蹲在里面，很快会被鸟声焐化。

那就轻声唱支歌吧，谁知歌声刚起头，就引来鸟雀们更大一阵合唱……

原载《散文诗》（青年版）2023 年第 5 期

木叶情 [外二章]

杨海波

月亮醉在稻田边。

阿妹，你割草归来，花裤脚上还挂着露水。背上有泥土的气息，深一脚浅一脚走着。牧羊老人也在太阳落山前赶回去了，山野宁静。

听，山林深处传来的歌谣，此起彼伏。阿妹，你回过头的时候，二十三年就过去了。面对长大，你总是会捧着脸庞思念母亲。

再听，歌谣是从木叶上来的。在过去的家乡，年轻人吹响木叶就是表达心中的爱慕。幻听。爱你的人还未出现，而你也空有一颗年轻的心。

还未走进村庄，路过古老的清香树下，一片绿叶飘进你的手心。对着月亮再吹一次，它能听懂你的心事。

有个村庄

春天写出的音符，在父亲犁过的红水田中生长。儿时的脚步寻着山间鸟鸣，在山野踩出记忆。柳树摇曳腰肢，像刚从江边汲水回来的傣族姑娘，走过香蕉林的暮晚，我从山脚的黑色石头中听到音符回荡，鸟鸣与柳树相融。

夏天描摹的大雨，没有赶上裂开的土地，我的母亲为此日夜不宁。在数个雨夜，我无法安眠，以燥热洗去燥热。十年前，我们守在河口，夜里飞出的萤火虫，像我可爱的朋友，亲吻我的不安。

秋天收割的田坝，在父母亲的岁月中交还了期许。在俯仰之间，脚下的土地让我看见很多事物正在老去。怀以一枚成熟的果实，村庄的山河相拥，我带着赤忱走向山顶，摸着心跳任风舒展眉宇间紧锁的小山。

冬天倾诉的天空，在火塘边炙烤寒凉。一支含泪的歌谣，收束年岁里的悲欢。在一棵高大的攀枝花树下，我望尽黄昏拉长的身影，转身沿着月亮的方向回到村庄。

大理的雨季

推开窗，坐在雨雾中的苍山，忘却了去年在此发生的离散。

走在雨中，水面上映照的孤独展开涟漪，我想要及时关掉雨伞，向自己奔跑。

与雨。我宿命中的一个节点，关于大理。

在大理，进入五月以后，日子都变得潮湿。我困在洱海月下久了，醒不过来就不醒了。

问过的花朵在昨夜凋零。一梦七年，过去的四年翻卷高原的浪花，内心的浅滩逐渐消逝，许过的心愿重新回到空瓶子——用后来的三年来续写，下关的风不吹上关的花，洱海的月不照苍山的雪。

时间的针线绕过雨季的胸膛，缝补出密密麻麻的堡垒。我在大理的雨季，遥望褪色的名字，想念与遗忘并行。

原载《星星·散文诗》2022 年第 10 期

陇中笔记

蒲永天

马兰花开

在一处叫马兰滩的地方，疾驰的车子停了下来。

马兰花，奇迹般占据那里，硬挺挺的剪刀刃般的叶子，托举着蓝莹莹、刚剪出的蝴蝶，将飞而未飞，欲停而未停。

遥远的地方，它们的家园，寂静而美好。

不远处，农人拖着小小的身影，在田间劳作，有白杨树齐刷刷立起，有白墙红瓦的房子，静静的……

后来的路途中，马兰花多起来，一簇簇，一片片，蔓延到更多的地方，更多的生动场景不断入眼。

马兰花开，一路蓝莹莹的心情。

兴隆山

曲折陡峭的盘山路，在一路筛选不同的人。站在什么样的位置，暗合一个人的精神。

旺盛的草木，被人一路装进空虚的躯体，抵达山巅，再贫弱的灵魂也有脚踩着一座山的气度，狭窄的视域顿时开阔，江山壮丽，人生美好。

是树木，就要挺拔。是花儿，就要绽放。是飞虫，就要振翅飞翔。是鸟儿，就要在层层叠叠的密叶间，洒下清脆的鸣叫。

参天蔽日的松树，是一种对比；陡峭的下山台阶，是一种考验；而丛生的竹子，更像是一种启悟；迎面而来的背沙子的建设者，无疑又是一种深刻的哲理。

兴隆山的雨将我淋湿，但并没有给我寒冷。它的各种各样的雨水，一寸寸滋润着我的心田。

野菊花

黄昏苍茫。岳麓山上，野菊花摇曳着不确定的身影，把西天那一抹璀璨的晚霞裹在自己细弱的颈项上。它们踮脚眺望，远处的小城正陷入浓稠的光芒里，虔诚而庄重。

洮河在更远处，熠熠闪烁。

地处西北一隅的小城，瞬间浸染在历史沧桑的气息里。

时间沉郁的力量。小城高楼耸立，洮河一再西移，泛起的波光却仍然闪着冰冷的鳞片，日夜呢喃，向北流逝。

岳麓山顶，姜维墩周围。三国的那一日，野菊花浸染在兵戈交接的腥气里。烂漫的绽放，深深浸染了生锈的气息。多少年之后，依然能够从大片的集体绽放里，邂逅兵戈的气息，有金黄闪耀。

当西天拖曳着冗长的光芒，渗着时间辛凉气息，站在最高处，即使最小的谈话，也在每一次短暂的停顿里，挤进野菊花复杂的历史气味。

姜维墩之上，一块三国的锈铁，在我们的谈话里豁然苏醒。它遥远的伤痛，可以触摸。它的身世，却漫漶不清。任凭它一再涨红脸庞，丢失言说的可能，把曾经的细节囚进躯体，成为历史的一部分，供人们在心底凭吊。

野菊花在庞大的守候里，多少世事回归于静伏的尘埃。然而还有兵戈交接的气息，躲过守口如瓶的时间，隐隐散播。

我脚步徘徊，眼神迷离，在暮色来临前离开。野菊花在身后陷入深深的秋天，仿佛三国的那一个秋日。

大雾弥漫

大雾弥漫。山川、沟壑、河流、田地……都在缥缈中朦胧，平常景象具有了仙境气质。

都在雾里，披着神秘的轻纱；都在雾里，看透尘世的烟火。

大雾弥漫。一棵仙风道气的树，湿润的气息轻擦我的肌肤。它带动大地，向上攀升，沉重的事物生出轻盈的翅翼，在广阔里潇洒。

大雾弥漫，从坚硬的事物旁边走过，有种柔软在蠕动，一颗石头露出轻轻的笑靥。

我在走平常的小路，隔着层层的雾气，探索前边世界，突然出现的美好，一片树叶飘飘洒洒，一只鸟儿打开折扇。

大雾弥漫，世界变小。仙境的小，小到一个人的内心。

大雾弥漫，思想的空间变大，大到一个人的内心。

秦长城

广阔的一片高地，突然就在眼前陷下去。秦长城的西起首，一匹马似乎突然间勒住，停止了奔腾。

眼前的景象令人颇为惊叹：

——宽阔的洮河运载着恒久的时光，缓缓北去。洮河谷底，气息温润，万物聚集，吐纳有序。

秦长城修到洮河边上，威武的征伐终止于一种理想中的安定。一个满怀野性的王者，顺服于河川大地。

洮河两岸的蓬勃的气息汹涌、茁壮，如一条天然的屏障，堵在了这里。

秦长城戛然收住了奔腾的脚步，吐出温柔的气息。

出峡口

一条河，裹挟着马衔山的翠玉，从这里流出。

一座山远去的目光，从这里漏出去。

秦朝的王子的泪水，最终留下了，幻化成混杂在满河乱石中的玉。皇后寻觅的身影，最终也被久远的传说定格在这狭窄的沟口了。

这悠长的峡谷，曾流淌过怎样的浩荡的历史。秦长城修到沟口上，就停住了。秦人彪悍的目光，终于在这里化成柔肠。

出了峡口，世界豁然阔大。洮河裹挟着不可阻挡浩浩之气，一路北逝。

小饭馆

随着暮色的到来，这里热闹起来：羊贩子进来时，旋起一股腥气；浑身沾满泥土的人，走进来了，还在拍打身上的泥土。泥土未拍尽，整个人却惬意起来。

方言瓷实，笑容憨厚。外出凳了洋芋的乡人，桌子上摆满了喜悦，几杯酒之后，话语有些严重。多少日子憋在胸间的苦水，喷涌而出。

在一个角落，悄然落座的几个人，刚刚把满手的粉笔灰洗去，保持缄默，不知道如何开口。一碗碗面片，热腾腾地端上来。短暂的沉默间，是一片咂嘴的声音。

河　事

洮河水消瘦的时刻，一座水泥大桥，却架起来了。不再有激情的水，沉默如镜子碎片，散落于卵石之间。沙场宿命般出现，河床被肢解，被运走的是无尽的沙石，一条河的灵魂却匍匐在那里，睁着空洞的眼睛。

舅舅也不再出现。他亲手垒就的码头像一截遗迹，还在呼唤搁浅的木船，还在等候，对岸的人亲切的脚步。水从他的眼神中消失。一条浪花飞溅的河就那么轻易地在一个人的身体中。

找到了掩埋的地方。他甚至不再叙说与回忆。就像岁月之河出现在额际，一切在时光中犹如浑圆的卵石，光滑坚硬冰冷，那么自然地，舅舅的双手深深地插进泥土。满院的玉米，堆积着一些喜悦，带着泥土的柴胡，被剪断的新茬，散布苦香，其间人影晃动……

　　当他拿刀分割牛肉，微微的笑语间，有众人不易察觉的苦涩。他中年的手有些麻木，手中的刀子有些迟钝，就像前几日握在手中的鞭子，他的身子有些颤抖。

　　割肉剔骨：在他一个人的心里流淌成河。

　　河水再现：舅舅的眼里却一片卵石铺就的河床废墟。

　　他的灵魂在废墟之上，顿时空茫起来。

原载《星星·散文诗》2023年第5期

时光书

那　朵

把春光摇醒

春光与阳光一起落脚，总能成全一些圆满，比如梨花开。

定是装满多日的暖，积攒下万亩大风，才能把春光摇醒，也把整个梨花梦摇醒。想要的果实和想要的甜，都在路上。

在成熟的季节，咬一口绿宝石，嚼一嚼早酥梨，懒散的舌头，一个激灵，就活泛起来。让人心甘情愿地打乱它的圆满，收拾残局，唇齿留香。

这样一场甜甜的雪，轻松地下在了舌尖上，醉了心田，比你想象的更深情。

月光倾斜

月光倾斜，坡度极缓，脚步极轻。

多么优秀，有人为你作画，有人为你作词，有人为你作诗。

你瞧，秋色正浓，菊花正香，趁今晚的月色尚好，自酿一坛菊花酒，用这些菊花托起的杯盏，盛满今晚的月色，在秋天的菊海里，收起一点冷色，用浅黄、金黄积攒下大面积的暖，覆盖秋冬的冷。

泡一杯雪菊，与月亮对饮，一缕淡香，从花蕊中游离而出，从一朵一朵的雪菊花中抽身而出。

借得花间一壶酒，饮下今晚的月色，一醉方休。

雕刻厚重时光

一座陵墓厚重了一座山，一座山护佑了一座陵墓的周全。

山是丰山，墓是唐桥陵。

秋风洒脱，总能将一些沉默的时光拂去痕迹，用夕阳的余晖，扶起一些记忆。

风蚀雨剥，风雨未能做成的事，人也不能。这些石刻的华表、鸵鸟、马以及人，高大而坚韧，从未被风雨带离现场。也许，睡在墓穴里的唐睿宗，也不知晓这些，他死后的江山依然坚固如磐，在历史的长河里，守着念想，雕刻古今厚重的时光。

原载《牡丹》2023 年第 6 期

低迷的炊烟 [外二章]

弦 河

他点燃打火机。

从我的视角看过去，他点亮了，疲倦了一天的太阳。

要有多少，光芒的暗淡，才让一种光，和另一种光相互匹配。

放下。

或是心怀若谷。

在车来人往的街头，仅仅是一刹那的念头，就掐住了多少流离在外打工人的咽喉。

他们一生都无法点亮照耀别人的太阳。

只能让一小撮火苗，点燃通往人间的炊烟。

红绿灯路口

他停下电动车。

在红绿灯路口的拐角处，开心地举着手机。

他是，路边的一盏灯。

那盏被忽视的灯。

一个我无法窃听的世界。我只能看见他满脸的笑容，伴随幸福挤满皱纹。

他双鬓已白。

和我看见的这个世界的白一样。

当有一天，我们的头发也白了，一定是远去的故人，站在另一个世界涂染了我们的发丝。

他们在告诉这个世界的我们，要好好珍惜余下的光阴，爱那些我仅仅还能爱的事物。

这个世界的白，像飘浮的云。

来到我们头顶，就为停下的路口，安装导航里的红绿灯。

我们走下去的同时，已经很难注意，孤零零站在那里的，一盏孤独的灯。

月　光

小时候盼月光，月亮是夜晚的指明灯，此时盼月光，月亮是装满了孤独的知己。

窗外，月光是唯一通往家门口的路。

那些逐渐无法体会的快乐，靠着最近的轴心回归原点。在遥远的他乡，握在手心里的开瓶器轻轻一撬，就有屋内的烛光跑出来掩盖月色。

年少时和今天的月光因此有了距离。

像两枚各自为政的叶子，一枚在秋天来临时选择凋落，一枚在秋天结束时才摇摇欲坠。

而窗外的月亮早被先生说透——"一种是月光，另一种还是月光。"

原载《星星·散文诗》2023 年第 1 期

铜 青

徐 源

> 铜，一种身体与灵魂、空间与时间的过渡元素。
>
> ——题记

一

从岩石、原野，一切叹息中剥落的锈，是铜；

从湖面、花瓣，一切恩典中溢出的光，是铜。

阳光照耀，万物以铜之心复苏。

历史长出鸟声，以铜消炎。

我与博物馆隔一面玻璃，阳光敲响我的身子。纵观古今，英雄与草寇，为铜而生。

缺铜时代，我曾骨质疏松。我向世界投递的眼神，是铜。

幼时，我毁掉电动机，把铜线取出，重新编织花篮。

我也用光，编织少年的理想。立铜为梦，不可修辞的一切，在铜里流淌。

制造悬念，让声音弯曲。

远方的老铜匠，双手如干枝，双目似枯井，能在铜上雕刻不同形状的声音。

我们歌唱时，喉头像一只铜铃，向世界倾诉美好的部分。

好铜尚青。

从铜里走出，那些沉默的，皆为不可氧化的部分。

二

把铜种在地下，长出五谷？

出土的铜马，被我养在诗歌里。嘶鸣，瘦如嶙石。

灯光剔着骨肉。

埋在回忆里的除了影子，还有故事，一个堕落与光辉的我，当属于大地深处。

如诗歌，当属于身子深处。

掏出铜，让人们感到胆战。

骑马之人，神情淡然，他读过我——

我的天马行空，我的龙马精神，我马络上的风沙，我马鞍上的青春。

他有一颗铜心，期待与我共鸣。

献出才情与修辞，把车马装饰，哪一处，不是历史的碎骨。

两条车辙，时间与空间蜕下的皮。

从月亮上降落的铜马，带着粉末状的月光奔跑。

把铜炼得青出于黄，接近真相？

我负着的影子，只是一块碑石；

我打出的响鼻，不过路途驿站。

一匹铜马，以疲劳之躯糊口于人世。有人毁铜马造刀，但没有谁能把铜从一切叙述中抹杀。

好铜尚青。

世界侧面，我割断手指，为它燃为灯焰。

三

我坐在河边，夕光坠入河中。掏出鹅卵石，有铜的温度。

一只青铜觚，可把整条河装下。

饮者，在涛声中留下名字。

我从废墟里爬出，身子里有一百毫克铜。

铜孤独的脸，在对面。大河，也不过是觚上一条刻痕。

泅渡者幻化为乌鸦。

觚所侍奉的王，已然粪土当年万户侯。

猜酒令，诗人掌管人间悲欢。

火被铜吞噬后，在史书破损处，我艰难前行。

一个自负的人，曾端着觚，一口饮下三百年。

如今，乌蒙山中，全是铜。

落日下，我是觚的影子。

晚风吹来，归鸟的鸣叫把我擦亮。

在酒里看到的，是自己？

在铜里听到的，是心声？

当一只鸟飞进铜，它痛苦挣扎，变成纹案。

多美的青铜瓠，所显现的一切，被人们当成哲学。

在铜之外，我们不会见到真正的自己。

掏空胸膛，可否装下春光？

好铜尚青。

那些拥抱的人，就像两只瓠碰在一起，发出轻响。

四

我在傍晚走进铜镜，黎明带灯走出。

我避开黑。我在镜中繁衍星辰、风声、飞蛾。

父亲以骨头为磨石。

他磨的黄铜镜，镶在秃鹫的翅膀，我把它叫太阳；

他磨的青铜镜，藏在湖底之心，长出月亮；

他磨的白铜镜，挂在我的脖子，便有了这世界。

父亲最终死在镜里。

他说过，世界是铜镜反射的光。

万千光粒子逃不出虚构的命，我努力用诗歌铺一条小径，走回铜。

但是，我抵达不了太阳，它拒绝赞美；

我抵达不了月亮，它割断一条河，流出血；

我抵达不了世界，它居心叵测，我以为身在其中，其实我一直与它平行。

铜，身体与灵魂、空间与时间的过渡元素。

在夜晚，铜镜吸光所有黑。当我照镜子时，铜两眼深陷，我拾起掉落的发丝，仿佛拾起一根根黑暗的尸首。

我也会像父亲一样死去，我希望人们把我埋在铜镜里，去照耀陌生的事物。

好铜尚青。

照耀——诗歌的本质。

五

铜里取五音和耳朵的颜色。

铜鼓擂起回故乡。"琴瑟击鼓，以御田祖。"我向低处走去，大地上，所有的劳作像铜一样，不可逾越。

沉睡的编钟，只等一只蝴蝶。

它苏醒，一条名叫浕水的河，向汉江奔流而去。两岸风光大好，阳光覆盖凌乱的钟体。

蝴蝶——亲吻我的时光！

起伏的旋律，在铜的化学性质里。

当年，母亲剪断我的脐带，我喉头里的铜，如巨石跌宕；

当年，伯牙弃铜而绝，我到达山中时，人间已长满绿锈。

可站在楼台俯视山水，但不可俯视铜。

可以逾越人性，但不可逾越铜。

好铜尚青。

听！万物在时间监视下，泛着青的音符。

六

他们说，不要唤醒体内的狼烟。

在金属记忆中，一把铜剑，比鹰目令人胆战。

勾践以铜复国，荆轲以铜刺史，我以铜刮掉疯长的胡须。

手握铜剑之人，人们把它的影子塑在广场。

我经过自己。

可是今天，我丢失姓氏。

好铜，成了庖厨之具。苹果发出清脆的声音。

好铜，被磨成针，扎在淤堵的穴位。血液在燃烧。

某年，我到江南寻铜，九山半水半分田，长满了剑。走进凤阳山，一束夕光，砍在我的眼睛里，万物充斥铜气。

我坐在岩石上休息，用风擦拭汗水和内心的唏嘘。

好铜尚青。

七日后，人们在月亮上把我挖出，那时，英雄如月，通身透彻。

七

从甲骨走到铜，人类的脚掌磨起血泡。

把字种进铜。

铜里奔出兽，用欣喜的眼神打量我。

它喘息，竖起耳朵，对世界表示戒备。

仓颉造字，风雨交加，雷电奔驰，割掉目耳及生死，换天地之灵。

青铜时代，字如星辰。

铜因字，有了魂；人因魂，有了性。

入铜，出铜乎？

我写下的，皆为铜字。

为卑小者呐喊，为逐梦者立命，为世界隐忍的一切，记录心跳；

为丑恶者掘墓，为偷盗者上锁，为世界张扬的一切，撕下皮肤。

我写下春光，花开如铜；

我写下秋天，田野镀着铜。

铜，说中你们内心。

好铜尚青。

把诗歌，倒进熔炉，那闪耀的一切，皆是铜。

在元素周期表里，我的痛是铜的化学反应。

八

抱朴之心，刻于铜。

大礼为铜。

采首山铜，铸鼎于荆山。

一年，我在河南灵宝，听秦岭的风，观黄河的涛。荆山在脚下，鼎悬在头顶。烈日炎炎，它炙烤我的灵魂。

我问帝：首山之铜与我，孰青？荆山之鼎与我，孰重？

荆山被风吹响，一只鸟勇敢地向太阳飞去。

禹也曾以铜铸九鼎。

后来，我到了湖南，一边饮洞庭之水，一边赏四羊方尊，有人告诉我：

——最青的铜莫过于青天，最重的鼎莫过于大地。

那人，走进我的身子。

一只铜羊，眨着眼睛，佯装疲惫。

鼎玉龟符，拔山扛鼎，鼎足而立，有何用？

天晓时分，我的骨缝里发出铜鸣。我常一人坐在雾中，用一块抹布，擦拭
胸口。

不可耳语的一切，在铜里发芽。

天哪！从祭坛上走下的人们，正吟诵着自己的墓志铭。

好铜尚青，一切在这里复活。

原载《散文诗》2023 年第 4 期

闲人回忆录 ［外四章］

独　居

字不见了。我从来舍不得忘记的。但确实不在那个地方了。

所幸月亮还舍不得把灯关上。挂掉忙线的电话，才听见门被轻轻叩响。恰好二更时分，不多不少。就像心跳的节奏，不缓不急。

我们都知道什么叫作无用功。

假如，春天可以和秋天重叠在一起呢？当飞鸟躺在花海里吮吸山稔子，害相思病的爱侣互相为对方准备惊喜。或许我也不至于失眠。

邻里昨日捡回来的野猫估计是睡了。我记得他们家的鱼缸摆得很高，那一尾鱼儿总睥睨着我，优雅地用那凤尾扫掉我的想象。

楼下的小孩肯定又闯祸了。最后一声哐当过后，风停了。

都怪我过分平庸的厨艺，以及演技。既不敢邀约那个躲在角落里的少年，也不能逗他开心。逗哏不适合我，捧哏也是。我斗胆能学习一下如何写剧本。

不必去照镜子。那上面全是尘。

卷　帘

丝绸建起的房子里，卷帘是最坚实的防盗锁。向微风贡献一些雕纹华饰，归家的黄雀就不再沉溺于追求月亮。

每一次摇动，都是对几株伏于墙脚的草苗的陪伴。而更多的时候，一朵误入的蝴蝶借着垂帘，静静地窥视着我。我因此注意到了窗台一角的面包屑，也因此习得以某种倾斜度，改变我过分耿直的眼神。

曾经，那被悬束于高阁的帘角装饰也这样凝视我。它们褶皱出一张沉默的脸。可我长期低头写字，未必懂得欣赏穿上纱裙的蓝天。

有许多挂扣生锈了。我必须去惩罚吊钟于此的失声。窗边的桂花树也是不能幸免的，花蕾仍然缺乏坎坷，没能挽留蒸干的花香。

唯有那对经常从窗户外头朝我微笑的老夫妇应当被赞扬——那位靠轮椅行走的老爷爷，卷帘擦过他眼角的时候，总有一双手开始流露温柔。

于是我决心练习抬头。不仅为了把帘拉成某种值得审美的角度，更渴望将恰到好处的阳光分享给这个小书房。

重　读

重读一本书，不仅是重新命名某个颠沛流离的人物，更是对某种记忆的删繁就简。倒叙，推翻，断裂，新生。丰满更多的精力集中，飘荡更自由的随想情思，顺便与一段什么也不奔疲的灵魂静坐。

甚至不必发言。不必与所谓的作者对话，不必为了进一步表达而陈述。倾听即可。

听作者，听主角（假如有），听言语，听自己。尽管这依然无从帮你领悟某种崇高的旨意或达根的本质，你依旧能够抓起一支墨香的笔，慢慢研磨它的耐心。

某日，我又试图从古希腊剧院的出口默看起风沙的路。双目虽没陷入光的诱惑，却依然感到刺痛，宛如某个彷徨多年的王子，他一直不能寻到区分深邃与激情的法则。但彼此依然需要踏上征途。

所有因自己曲折的意义，所有因自己注释的方向，都在穹宇的赤黄染色瓶翻倒的瞬间，遮盖住自身赤裸的细节。为此，我不再寻找更多诠释重复的借口。在某段静谧中，我只能读出那么一两个字，不纠结，也并非荒谬，我的影子在书内书外反复出逃。

　　可是，就算我不去追赶它，它也会逐渐在徘徊中自我觉醒：伪设糊涂，并且对他者不置一词。

　　书本渐渐凸起皱痕，可我早忘了重构一盏幽冷的晚灯。切勿来质询我，为何出演着昨日的戏，笔尖却绘着明日的诗。

观影：谢幕

　　我在那束光线的折返中，抓住了不一样的形式。有那么短暂的一瞬间，电影按下了定格键，某一句台词跳出命运。过程十分简单，只不过是利用了镜片的伤痕，顺便用绳子绑紧了突兀醉倒的闪光灯。

　　每一位观众都习得评论的主体性，证据是前一位布置命题的评论家失联。错误是允许被宽宥的，或许我也应该习惯于，在暂停后继续播放之时，帮某只迷途的小猫合上双眼。我是早就了解的，生锈的机械韧带，褪色的银幕斑痕，只是，还有一些疑问，在于爆米花融化的时候，它们选择了怎样的姿态？

　　所有的眉蹙或微笑都是编织的，正如所有的粗糙手艺都将被后来者反复革命。但我依然把握住了某一瞬自然的停顿。

　　——实心的句点。顽固而不肯让步。

　　终于，幸存一道迷途的射线，封堵住了台词最后的字眼：谢。

　　"谨对以上工作人员表示鸣谢。"

　　替来者留下命题的时候，剧情内容早已从我的记忆细胞中分解。推开门，一道道光开始了它们的交互工作，过程中只留下一些不起波澜的轻尘。

对于某一出电影，我无从得知那些以往或将至的风骨。我唯能做的，仅仅只是念着自己的名谓，并且孑然行走于落日余晖。

木　舟

在这近乎干涸的湖，划桨成为一种悬念。游荡久了后，我早已分不清楚，名曰"航行"的尺度。身旁，有黑天鹅飞走，有翎羽揉进淤泥，还有一个用作坐标的凸物。但并没有一个人，选择荡舟。

因为翅膀与雨云都是奢侈的，木头的迟钝便取得了占有我的合法性。如今，我看着它们，与残疾的湖面对饮，与棱角的沉铁比硬，还肆意地将蠢动的尘屑，一层层剖离。我所能够尝试的，只是浮荡，而意义仅仅是维持一副被沾湿的躯干。

毕竟，我曾如此匮乏重量，甚至在一尾鱼撞入骨头的时候，丢失走一根穿透咽喉的长钉。直到夜晚的其中一轮月亮，鳝一般将我捆绑。

于是疯狂踉跄。在溃烂的风和沉默的丛间头颅面前，我只能借助嘶哑，来幻想艰难，扭转朝向。可这使我濒临瘫痪。最后，独剩下一根支撑的龙骨，一直不见屈弯。

原载《散文诗》2023 年第 4 期

辑 二

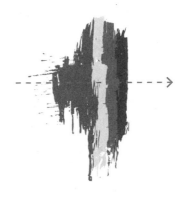

狂野的玫瑰

张少恩

高傲的怒放胜任凌霄的自由

怒放又加了风声的无忌，阵阵芳香奋不顾身——狂野的玫瑰。

借风的马蹄逐梦。

纷繁的细蕊如星际的呼啸划过仰望的头顶。

无有秩序和戒律；无有模式和信条。任性而为。对古老的赞誉——娴静、娉婷、优雅与婀娜等词都不屑一顾。

拒绝贪婪的心、觑见的凝视、赞美的收藏、定格的封存、王子的折归……立志做蔓延的烟火、混沌的初蒙、决堤的洪流、飞絮的杳邈无踪。

有傲骨。闪电的果断。取义成仁的侠气，不屑于王者的隆恩、宠溺的花瓶、柔弱无骨的寒宫娇娃。纵情在风雨中甘愿自毁！

亦不可探求底细，幽隐的内心携带锐利的芒刺。一切鲁莽的侵入与冒犯都将付出血的代价！

请不要靠近她，嗅她，恶浊的呼吸会将她激怒，再厚的脸皮也会被划伤。

玫瑰——

高傲的怒放胜任凌霄的自由！

俄耳甫斯手捧的是黄玫瑰

你是神物，或者就是俄耳甫斯的化身——阵阵幽香，迷人的歌喉。

圣光莅临。风雨不顾地绽放，袅娜的芳蕊是激情的乐队。

昨天，你还是缄默的黄昏，像粒粒遥远的星辰，而现在，你是明媚的白昼，呼啸的翅羽奔赴五月的盛会。

永远的爱，永远的俄耳甫斯。歌声使树木鞠躬，顽石优雅地转身，野兽信服地俯首，波浪平息了狂跳的心……

歌的神力源于天外，异曲的优美闻所未闻。黄玫瑰的幽香与灵魂契合，沉醉的呼吸妙笔生花。

哦，多少年我苦苦地追求的就是有一支玉树临风的笔，想成为语言的通灵者，抛弃一切暗沉的窠臼，有闪电凌霄的意味。

新的词语是创世纪的斧头，是生命与灵魂优异的载体。必须获取这神力，对僵化的思想和逻辑各个击破。

让词语的鸟串联起陌生的世界；让对立的，不说话的事物彼此沟通，碰面，渐渐地过从甚密，乃至相濡以沫。

让词语的风吹拂板结的大地，让铁板钉钉的模式松动、异变。杂草丛生之地亦可读成繁茂或欣欣向荣。

让词语的新器为历史的耳根松土，下种，丰富新世纪颖异的倾听！

俄耳甫斯的黄玫瑰，黄玫瑰的俄耳甫斯，我在你芳香的歌喉里获得神启——

对传统的背叛或许成为世纪的幸运！

永恒与芳香的链接

这个春天我云游的脚步四处花开——玉兰开在灵隐寺，碧桃开在濠河边，木香花开在姑苏，梨花开在千山，丁香开在明湖……

黄玫瑰开在辽河左岸——

它优异的品格引人注目，蝴蝶和蜜蜂都敬佩有加。神性的手指点石成金。

都说立夏鹅毛稳，但风却不知从哪里又来了一股劲儿，整日呼呼地吹，许多花都隐身了，丁香也蔫巴了，可黄玫瑰柔柔的枝条星辰爆满，芳香之气摩肩接踵。闪闪的眸注视你的呼吸。流连的脚步受宠若惊。

这些天，我总去黄玫瑰那里，它有香气，我有寂寞；它有佳期如梦，我有澄怀之心。幽幽之意畅所欲言。

时光在它的薄翼上流转，变幻莫测又稍纵即逝。弯弯的芳蕊是宇宙的锁钩。我凝视它，用好奇的心敲门——世界隐秘的入口……

世界的奥秘在幽隐之处。

一些山，一些河，一些道路，甚至一座磅礴的城市都被我们用旧了，提不起精神，那就请你往事物的深处去，做细微的钻刀和幽微的探头——

我从袅袅的细蕊顺藤摸瓜，奇幻的世界由此展开——神光曜曜，迷离又恍惚。

玫瑰是天地的同心结——永恒与芳香的链接……

原载《诗选刊》2023年第2期

乾坤幻化

盛 夏

浓云深处奔腾的烈马

是两片云之间的爱恋。

一生，能有几回。偌大世界，萍踪浪迹，遇见了，便轰轰然然，令世人不敢瞠目。

整个世界陷入了沉寂，只听两颗心在无比剧烈地跳动。那声音，令胆小者丧胆，胆大者侧立。不是谁，都经得起这样的热烈。

黑夜亮如白昼。来临时，无声无息，却猛地一道花火，所有为之退路。

它要在火热的爱恋中烧掉彼此，焚毁彼此。那样，才是融化，才是结合。

从不逃避，亦不必假惺惺地拒绝。因这天地太大，相遇的机会太少。

它是它自己的铭记。在浓云深处，在奔腾的烈马深处。

它爱了那么久。天地一片荒芜，除它之外。

这破坏一切的爱啊，这令人惊吓的爱啊。必将释放尚不能完全释放的淋漓。

那是另一种热情。

倾 听

做一叶清茶，在岁月的沉寂中。

走过春分，抵达清明；路过谷雨，回到秋分。

它无处不在，如影随形。步入高高的云山，进入幽幽的峡谷。再微细的春风也不会稍纵即逝。

所有的露珠都化作泪水，所有的成长都为了一双净洁有力的手。你采撷，我幸运，你漠视，我痛楚。在泥土的深处写诗，一点一点咀嚼，情感的寓意。匍匐在大地，倾听一粒种子的心跳，如何逶迤成一条长长的河流。

他丰沛，我丰沛；他干涸，我亦干涸。死生与共，双宿双飞。采撷微笑一片，作为永恒的春天。不会有哭泣，不会有忧伤，这小小的城堡，永远是当初的模样。何以藏在厚厚的壳中，心太脆弱，一粒小小的潮水，足以落进生命的深渊。

以泪水作珍珠，幻化你的形象。这忧伤的宝物，谁人可比。它的沧桑，是日升月沉的沧桑；它的纯洁，是冰清玉洁的纯洁；它的遗憾，是根深蒂固的遗憾。

想拥有蜻蜓的翅膀，轻轻飞过你的云天。

那里平静如镜吗？那里激荡如涛吗？那里危险如峙吗？

雁群中，我一眼便能认出你的方向。

喧嚣中的沉落，像两只熟透的苹果，飘向大地，沾染了彼此的香气。

低 眉

将杯酒饮下，趁着良辰美景，趁着春风眷眷，趁着一切，还未改变。

是的，想禁锢你，像禁锢禾苗在我的泥土，禁锢燕子于我的房檐，禁锢蔷薇盛放在我的月台。自私到了极点，也珍贵到了极点。谁见过明月般的珍珠，可以随手赠人？

清澈的湖泊，没有一叶舟，可以驶出它的领地。甘心地游弋，沉沦，直到坠入。满脸的皱纹，盛满岁月的风霜；吞吐的话语，如衔着的石子；枯瘪的双唇，失去了往昔的红润。谁会发出轻轻的叹息？

最美丽的时刻，在低眉沉思的时分，在忧悒怀想的瞬间，在探索生与死的秘密的黄昏，在泪水轻轻滑落转身的夜晚。热情如火，又以汗水浇熄，这一个故事，完成在日曦时分。

我的唯一，是智慧的泉水，日复一日，濯洗身心的疲惫。为此，如婴儿般纯洁，比婴儿对母亲更忠贞。

今生，美好的宿命。心环相扣，天地相交，日月相照。

苍老而桀骜的心

与盘古同时，与洪荒同在。见证时光轨道，镌刻厚重年轮。

脚踏砾砾黄沙，头顶弥弥云天。以自身的力量，撑出生命蓝天。

一声无言的吆喝，亮出生者之为生的神话。是黄河不变的图腾，九曲十八弯，类似倒下又立起的倔强。

是青山巍巍的墨影，将一身绿色连同血肉剥下，犹不改我峥嵘初衷。根脉深扎，扎入广宇大漠，生命，像大漠一般辽阔。昂头而歌，风雨蹉跎，更浇铸溶溶血色。

大风的翅膀，掠过心尖，掠过万物，万物在身下生长。雷电的怒吼，银光锃亮，曜空的一刻，淌下黑色的泪花。

血脉流淌的不是血液，是生之泪液。泪水浑浊，恣肆嶙峋。

苍老而桀骜的心，绵延此生，长久不止的生命。敢问怒发冲冠，谁可匹敌。一根根坚硬枝干，仿若刀枪剑戟。阳光的同盟，灼灼反光，燃亮四野，灼烧了天空。天空，留下永远不可愈合的伤痕。

岁月无声地践踏，不吭一声，直到岁月变得沉默。雷电劈裂身躯，仅剩一尺距离吧，睁开眼微微一笑，即刻退去，无力地喘息。

让风暴来得更猛烈，让尘沙裹得更紧，一切扼不住生命的咽喉，轻轻一声咳嗽，万人止息，倾听大地隆隆的心跳。

原载《散文诗》2023 年第 5 期，《诗选刊》2023 年第 9 期转载

稻 香 [外二章]

孙小小

深秋，在师范学院的塑胶跑道上，叶子们写的散文诗，
被风收走了。
一章又一章。

云，一会驮着天空，一会又无限远地贴紧天空。

我想，此时的小城，茄子变成了秋茄子，西红柿变成了秋西红柿。
夏天，也藏在了春天的裤兜里。

枫树下的长条凳，黄得像丢勒的铜版画。
我弹拨着吉他，轻轻哼唱着周杰伦的《稻香》。

被风吹斜的一串鸟鸣，会不会反复在梦里，无上无下，无西无东？

蝴蝶时而白，时而黄
盛宴之后，秋天吐出了核儿。
山，高成山。水，渐渐低成潭。

扬起的袖子，只用来擦拭模糊的光线。

北风，落地成河，宽而远。

透支的月光，散尽暗香。

收场的台词里，蝴蝶时而白，时而黄。

回　音

高坡的草，凝黄，它们都不担心，北风吹的方向。

刷来刷去的阳光，正在拂拭旧了的生长。

此刻，菊花的番号，略显夸张。

老家雀，偶尔露出诡秘的微笑。

某一片蜷曲的叶子，缓缓向下飘。

逃得出，跑不掉；

逃得出，跑不掉……

我摁住的腰，有回音似的疼痛。

原载《散文诗》（青年版）2023 年第 1 期

诗歌里的春夏秋冬

邢　云

1. 春

沙丘上的芨芨草娶走了冬日的阳光，漂浮在水面上的云朵，被春光从湖水的深处浸透出来，充满着温情和宁静。

掷一块石子在湖面中，将美妙的梦境延伸到其他维度，这个难以叙说的春天，于是有着特别重要的意义。

一片平坦的沙丘，一丛芨芨草在春风中，匍匐着茎叶蔓延到小路上，酝酿了一冬的爱情，在微微醉意里，发酵一季的爽快和宣泄。

很早的一个心愿，太阳的羽翼又孵出柳绿花红，在另一个沙丘的花朵里，安详地回望大漠的花季，只需东风的第一封情书，就让你的情窦初开……

漫长的来路，短暂的去路，相视的一笑，树梢又暖了一层。

2. 夏

最后的那朵玫瑰，从夏天的沙丘飘曳而去。

大漠戈壁般的宁静，只有心事一唱三叹，明亮的月光洒满万里大漠，在灵魂的深处伸展出暗无生机的荒原，用月色写出最温柔的情书。

希望已经退后，疏远如渐渐远去的驼铃声，一段不可信任的时光，总是相信岁月的诺言，一片落叶的温暖，一朵枯花的温度，走入眼眶，酝酿一出戏的前奏。

或许没有消息，抚慰灵魂渴求的悸动，只是一群背影滑向夜的深处，当呼唤在静寂处被一群信鸽带走，依然没有回声……

3. 秋

夏的热情消散了。

秋睁开灿烂的眼睛，陶醉在一望无际的收成里。

其实，鸟儿已经感觉到了危险，偶尔鸣唱几声，便伸展翅膀向南迁移。

从浩瀚大漠中走来一支神秘驼队，用脚印丈量古丝绸之路的历史，留一缕足迹，留一条泪痕。

骆驼怪戾地嗷嗚叫着。

大漠已散发不出多余的热量，蕴藏着准备过冬。

望着沉甸甸的果实，开始思索，思索播种而不是获得。

太阳的位置已经偏移，真情却依然汹涌，热血却依然奔腾。

不要冬天来临停止耕耘，不要花季未来躺着休息。

一切都在思索，人生没有秋季。

4. 冬

已是冬天了，夜的脸更加神秘，我小心藏好你，在风寒深处，且用另一种液体，将自己温热，守在这阴沉的背面。

我想涉过黑眼眶的对视，一粒雪一片羽毛，飘成美丽的醉姿，灼我裸露的面颊。

皑皑的大漠雪原，空气已经被冷冻、凝结，泉水也停止了歌唱，朔风吼叫着，只有压抑的心充满烦躁和惆怅，驼队缓行在冬日下的大漠，铃声在耳畔上打着呼啸，嵌镶在大漠的雪原上，像一串串报春花开遍山野雪原。

那是盛开在秋冬的记忆，无论风雨如何地侵袭，不变的依然是枝头烂漫的乐音，不管岁月怎样地变化，流淌的旋律依旧动人心弦……

原载《散文诗世界》2023 年第 3 期

第二粒扣子

浇 洁

一

解开第二粒扣子，人生的山川就此打开，蝴蝶自暗处飞来，小窗的灯火已坐黄昏。

二

清亮的关门声说出了许多事情，你脸上养着一只名叫过去的鸟。

从一声到另一声，你真的老了。

三

当你不爱一个人的时候，总觉得他没有灵魂。

爱，却能月映万川，在他如月的眼眸里，听到花开的铃声。

四

我坐在春天的门槛上，风吹着，鸟叫着。

花开的瞬间，你带着我穿过一个城市又一个城市，我们的脸上却洋溢着田野的芬芳。

五

指缝间泄漏出来的惶然，让一只叫光的兽，一次次叩响我的门扉，赠给我颤抖的花朵，揪住我的心。

六

我用一如既往的亲昵和你打着招呼，一缕逃逸的光穿过。

抬头撞见朗朗的一星伴月的滋味。

七

美，是顺着年龄两岸栽花种树；不美，是人世途经桥头的流水。

八

你静静地端出瓜果，茶的热气在灯光下，跳跃并升至空中。

没有什么目的的多年交往，是多么奇妙！

院子里的玉兰，在我们的睇视下，将野心裹进毛茸茸的氅衣。

九

绝望的树上，扑簌簌掉下来的，是相似的枯叶，

是忙人一个又一个的天明。

十

世上最难留住的是喜悦，一只飘在半空，随时被击打随时会落地的羽毛球。

转瞬即逝的童年。

十一

看见是一棵树，我们是树上的两只鸟，夕阳是枝头的一朵红花。

只要我们在一起，就拥有夏天的心灵。

十二

梦里，一粒子弹击中了我的头颅。

我的心里始终有一轮落日，像一个神走过了群山，留下如血的鲜红。

十三

高速路上，车是一座庙宇，供奉着平安快捷的菩萨。

所有活着的话语都虔诚地跪着，钟声在前方响起。

十四

高兴，是一只阳光下的水碗，光叠着光，水拥着水，满满的，插不进一丝理智的风。

心脏甘愿被填充被敲击，澎湃得不知所措。

十五

昨日的尘埃在目光中闪耀，那些文字"芝麻开门"，打开了内心的根据地，瞬间点亮了笑的居所。

新的光在词语的香气中弥漫。

十六

触及隐痛，倾盆的雨倒了下来，我们的话语戛然而止，

一声叹息是唯一的庇护。

十七

有时成功比罂粟更美丽，更能叫人上瘾。

在它迷醉的浪潮里，有一条高速公路，让人快速抵达堕落或凋零。

十八

有一种思念，以思念为目的。不想见你，也不能见你。

十九

隐藏的懦弱，犹如在热闹的会议上，戴着唯一的一个口罩，

封住爱与恨的发声，只在脸上流露方正的淡蓝色平和。

二十

在这场扑克牌和那场扑克牌的娱乐间，

有死亡的鲤鱼浮出水面呼吸。

二十一

他人的错，如此地严重，一条蛇咬住了我的脚趾，

唯有用自我麻醉来换取前行的轻快。

尽管，我也犯同样的错误。

二十二

我有一个小小的请求：

用你的善制造一杆枪，射中一间剧场，

每日上演圆满的晴朗。

二十三

这场误杀的交响乐如此地完美——

一支射出血红的玩具枪击中了权势的黑旗、父爱的额头，

目睹的人群在喧腾的欢呼中流下了泪水。

这，不仅仅是一场电影。

二十四

"人都到哪里去了？"

一个佝偻的孤寡老人一次次地问着路人。

枇杷花开，相拥取暖。高楼灯火似点点繁星。

二十五

最好的温暖在黑暗中获得。

灯亮了，万物安宁，

经历过的皆染上了崭新的光泽。

二十六

温馨与清凉皆化为水的柔情，唯听见滴滴舒适轻敲窗棂声声。

吾身安睡处，世事有空调。

二十七

鸟声高兴地落在头顶，我忍受着迷茫活了下来，

于云烟中升起的，是此起彼伏的婉转。

那不知道的事物像一匹狼穿过了门墙。

二十八

温暖的最终目标是温暖本身。

给予和指明方向的，有可能是机械的冷。

二十九

来自同一个血缘，更容易拥有纯粹的理解。

在那里，付出是本能，对与错不会过分计较，过去、未来和现在紧密相连。

三十

用好上苍的给予，便是最大的智慧。

因为往昔和悲伤，在持续地诉说：我们是天地的尘埃。

三十一

情不自禁叫着爱人的名字，枯草上快乐盛开的，

是老年妇女的春天。

三十二

拥挤的乡村公交，鸡笼子里的味道。

每个人心里都住着一只鸟长着一棵树，

车厢内，语言的喙摩挲着绿而不飞的身体取乐。

三十三

不会尊重自己，就像一匹甘愿被侮辱被鞭打的驴。

这匹驴，有一个雅称——爱。

那根被牵的绳，系在开花的窗外。

三十四

如果要让人患病或沉沦，就给他至高的荣誉。

那是连坟墓也会震动的秋风。

三十五

冥冥之中的力量，帮助了我也毁灭了我。

这是我的局限，我不能迈进的最后一道门。

三十六

惊闻坏消息，

双脚间突开沟壑，一左一右。

三十七

夜里关门离开，下着冷雨，

听到孩子不舍的哭声，

一些暖意一丝忧伤。

三十八

孤寂苍老的母亲，张口不离一个"死"字。

那是她在念佛敲木鱼，

一片安宁，如雨垂下。

三十九

一而再的电话，

被爱的滋味，早尝腻了。

白发人的春天，淡淡的悲哀。

四十

契合，就像宇宙的那颗星，

刚好穿越时光的荒野照亮你。

四十一

说劳动美，是荒谬的。

当机械重复或年末大扫除，留给自己的唯有排空后的疲惫。

闲暇，才有美。

四十二

某场会议的新鲜就像时尚女郎，

在平常和非常之间寻找注目的刹那。

四十三

唯美的旗帜下，汇聚着堂而皇之的法西斯主义，

骨头在划一的戕割中雕成花。

四十四

心灵会说出我的名字，引我靠近，

智慧只适合站在阴影里。

四十五

心无旁骛地做一件事，融合了孩子的天真和老人的智慧，

其结果必然拥有春的盎然、冬的丰盈。

四十六

一个音符在往昔的花园徜徉，一个音符突然拾起向生活复仇的剑，还有一个音符化作眼眸里的星光。

四十七

野菊啊，你仍竭尽全力地怒放着，在一个角落的水瓶里。忘却多日再见时，我喜不自禁道了声："谢谢！"

原谅我犯着世人皆有的通病——采摘后迅速凋零的爱。

四十八

马齿苋长着厚嘟嘟的绿色马牙，去田间造访那些无心栽种的人。

它有一种不可复制的酸，让某些人无法忍受。

它宁愿孤孑，绝不借用。

四十九

恣肆地、不顾脸面地、控制不住地哭，是把他者当成了亲人。

哭，最能显出孩子般的天性。

五十

没有了思想，当冰冷的雪将我包围，我独自绽放；

没有了思想，当温暖的火和我靠近，我随之灿烂。

五十一

你的名字是古老的灯塔，生日是我们的后花园。

仰望你跋涉半生，颤抖过的手平静地推开园门，

一个声音升起，如风。短暂的火焰，熄灭了。

五十二

相卧畅聊，盈盈的灯和蒙蒙的雨，缀成融融的声音之围。

一阵暖暖的无意义抓住了我。

五十三

喜欢什么，什么就伤害你。

喜欢是一柄馨香的绿剑。

五十四

庞大的黑暗中，也有惊喜扇动翅膀，在黎明拍响你的门楣。

那是生活的神奇穿上节日盛装在向你祝福。

五十五

早上好！亲爱的未来。

你是绝望中吹响的号角，是孤寂汪洋里耸立的一束光，

是受伤的小兽在为自己建造一座神庙。

原载《散文诗》2023 年第 8 期

给上弦月除锈

张　悦

给上弦月除锈

仅有的几瓣丹桂，从龙井茶香包裹的流心中一涌而出。冲撞舌尖的甜，糅有莫名孤寂。

像旧砂锅煎不透新药草，冲鼻的涩苦，不急于沸腾，某一瞬钻心。

喑哑之月，暗了秋凉更深处悬挂的灯。

夜，填满河道，把一季残留的药渣埋进河床曲折处。

雨的静默，将一点点杵碎月光的锈迹。

肋骨间琴键起伏。怀想，俯仰。拨乱亘古相系的情丝。

月明是镇痛暖心的一帖慰藉，最适合敷于难以定位的酸楚。

用文字给月色除锈。

给上弦月化痰、清嗓，调亮她声线中不急不躁的火。笼屉内的对蟹，将褪去石青色冷硬。

蘸着回忆的姜汁，化开入腹的薄霜。

海涛与湖光

枫木隔板上，海涛与湖光并肩。

椰风吹拂的晚景，浮现戈壁沙海的倒影。听涛之页，拓印背负苦寒的足迹，回放不同语种对死亡的转述。

形变的声色气息，找寻感官接纳新生的躯壳。依凭碎石瓦砾，声音废墟重建殿堂。认领亡灵的遗产，复活体验。

妙语摇舟，驶向竦峙如岛的沉默。

翻阅万物回视的目光，触摸时间千面。

湖光摇曳的盛年，雾锁远山，枯荷满怀。听雨之页，铺展长卷山水、纷繁人世，压盖一枚笃信空无的印章。

排布于曲折栈道的生死悬念，依山势急转，凿石而出的清泉，尽可自取回甘。

群峰奔涌，呼应体内的闷雷。

翻阅车水马龙的此刻，邂逅隔世重逢的电闪。

海涛与湖光，从我体内拎出归顺时间的条条溪水。拯救早衰的青春，滞后的生长。移动思想巨石，扭转激流的走向。

两只风暴眼，以其自足的圆心，画出相切的强气旋。两股风暴，在我体内碰撞。

枫木书柜内，静栖着颠覆与矫正之音。

隔，亦无隔

——瞻仰鲁迅先生"遗容"①

隔着展柜的透明壁板，瞻仰覆雪守护的山脉。

隔着八十余年未曾消融的雪被，凝望峰峦、谷地、林木灌丛、隐没的河床、神秘的洞口。

以纯粹的白，锁定你的气流、声响、色彩、时间闭合的起始。

射灯的暖光，替换清晨柔光。

隔着厚重井盖，触摸洗濯心灵的清冽目光。

隔着静默关闭的闸口，倾听辟路的呐喊，振聋发聩的文字——

---

① 此处"遗容"，即鲁迅先生离世当天由日本雕塑家奥田杏花为其制作的石膏面膜，作为上海鲁迅纪念馆镇馆宝物对外展出，国家一级文物。

匕首。投枪。巨石。

与每种语言碰撞的火光，穿透历史晦霾。在异质文化动荡的水域中，卷集惊涛。

曾经，隔着血雨腥风，时代疑云，向你求医问药的挚诚，依旧悬浮于累代相承的肃然敬意。

人之子。民族魂。刻刀。药引。铁骨悍将。立人良医。

你向世界敞开思想的群峰、灵魂的雪原、浴火重生的一茬茬野草。

盛世，以无隔的胸怀，珍藏你不摧的须眉，未竟的悲悯。

原载《散文诗》2023 年第 1 期

鸟翼之力 ［外一章］

何武豪

一只鸥鸟驮着落日在飞，盘旋，俯冲，掠过。

再厚的乌云，也挡不住飞翔的翅膀。

它用时断时续的鸣叫，擦拭着空灵的寂寞。

翅膀下，有浪头扑过，有渔船驶过，有渔歌飘过。

海边一块龟裂的礁石，宛如一只无法爬回大海的棱皮龟。

每当鸥鸟飞过，礁石就静听鸟鸣，想象着自己也能有一双飞翔的翅膀。

鸥鸟再次扇动翅膀，赶走乌云。

好让天空看起来更高，让大海看起来更阔，让鸟鸣传得更远。

浪花谣

一朵浪花的坠落，无非是另一朵浪花的新生。

大海的浪花，一生都在追逐与奔跑，飞溅成千姿百态的命运。

浪花催生了大海的梦想，多想采摘一朵浪花，送给未曾见过大海的人。

浪花不懂得玩手机，发微信，但懂得一朵浪花包含着另一朵浪花。

懂得风平浪静的背后藏着恶浪与狂涛。

总有一些身影，隐于浪花之中。

总有一些浪花开在大海之外，就像总有一些星辰活在人间。

原载《散文诗》2023 年第 9 期

秋至虎石

蔡飞跃

祠门轻启

携着早秋的风，踏上虎石的大地。风儿耳语，欢迎你六次悠游文学漫道。我是宾客？我的情感陂坝早已注满虎石溪的清流。

伫立黄氏宗祠门前，凝神聚心等待。

"开大门！"声若洪钟，气场十足。厚重的黄氏宗祠大门轻轻开启，推门的两位长者德高望重，满满的仪式感，场面益发庄重。观看画展的作家徐徐而入，脚步迈得庄重。比古樟更高的礼节，又一次印证我所爱的虎石善待文化人！

古祠肃穆，藏着家族繁衍史，匾额闪耀先贤的荣光。走过天井，走进厅堂，接连涌现万千感想——我应该淡定如柱础，沉寂像阶石。不以物喜，不以己悲，势如溪流，只争朝夕。

我不会迷失，装入脑海的孝子山，还有坡上的花树，警醒时时关注山下的点点滴滴，涓滴不漏地与人分享这里的喜讯，还有笑语。

我会像虎石的子民一样敬重虎石，真心实意为之慷慨放歌。

文明学堂

黄氏宗祠，多了个"文明学堂"的称谓，独出心裁的创意，彩缎般曼妙。

古祠三落二厅，"出砖入石"的墙体，石板铺砌的天井，彰显闽南建筑风格。清代嘉庆进士黄山润的传奇溢满"村史励志室"，集结的力量催人奋进；隆重展示的祖传砖瓦制作工具、土织布机、纺纱车、犁耙和铲锹，无声地诉说劳动的艰辛。

"图书阅览室""电教室"，润物无声地滋养心灵，不同姓氏的村民在这里接受新知识和共同议事，美好时光舒畅地流淌而去。

"文明学堂"，还有周遭的紫云阁、儒学园、红砖古窑文化馆、文学漫道、作家碑林，不胜枚举，都在不遗余力诠释虎石尊敬文化的担当……现代与古代文明碰撞出一种难以抵挡的魅力。

厅堂肃穆，好生安静。无声胜有声，我分明听见文明新风的歌谣在唱响。

公园运思

目光毫无障碍，扫描六十五亩的虎石公园。夏去秋来，哪一朵是暑天绽放的花芯，哪一抹秋色最早惊艳亮相？红色的"逗新娘"泥塑，还有挑着"大路担"壮汉的雕塑，泄露出锦上添花的匠心。

大地偶见落叶，绿的王国依然生机勃发。那草，腰杆纤细，少女样柔韧；那树，枝干浑圆，汉子般茁壮；那鸟，碎语啼枝，唧啾正酣；翠绿的藤蔓，可着劲向上追寻。绿色生命的轨迹，是一条没有规律的曲线，录入其间的历程，经风见雨。

这里是放松身心的乐园，有人叙旧，有人健身……虎石乡村振兴的故事，公园的段落同样感人至深。

公园边小桥流水，夕照柔媚。掩映树中的闽南古厝，燕尾脊高高托起情意，仿佛是从深邃岁月里走来的古人，我的目光瞬间柔软。

夜色拉上帷幕，再次与公园晤见。月光朦胧，星斗满天，意境有如菊花淡雅。天河广袤，最亮的星斗俯瞰虎石，熠熠生辉。

原载《海丝商报》2022 年 10 月 10 日

诗意西藏

伍秋明

天路像长长的飘带在峰峦间飞舞，越过昆仑山口，越过可可西里草原，越过唐古拉的天然屏障。

高原的日照很长，耀眼了一天才褪下一地的光芒。天空一片极致的蔚蓝，淡淡的月影跳出，构成日月同辉的景象。

清晨，太阳从山间蓬勃升起，喷射出缕缕霞光。青青的草地挂满莹莹泪水，牦牛和绵羊低哞着四处游荡。

黄昏下的布达拉宫在余晖里依然光芒万丈，在这里，听磬声缭绕，闻梵音弥漫，读千年沧桑。心一次次沉浸在佛的海洋。

尼洋河如一条玉带在山间蜿蜒流淌。河畔的古堡保留着千年不变的姿势，一层层石块在无声吟诵，那曾经的风起云涌，那金戈铁马的篇章。

五彩经幡是雪域高原特有的色彩，是一个个舞动的灵魂在祈求上苍。朝圣的路上，朝圣者用虔诚叩化了寒冰，叩绿了荒原。匍匐着的身体如同用钢铁铸就，将追梦的路程一步步丈量。

我看见那被雪水洗亮的双眸，总是凝视着梦想召唤的前方。摇转不止的转经筒里，似乎满是今生的幸福来世的吉祥。

湖是雪域高原的景中之最，我心醉于那蓝天白云下的静谧、圣洁与安详。

一座湖是一个传说，一座湖是一首绝唱。

羊卓雍措似一块绿色翡翠，晶莹剔透。阳光下，云朵和草山倒映湖水中，撩人心房。

纳木错静静地躺在高原之巅，日夜守候着那片荒寂与苍凉。纯净的水如普照世人的光惊醒了我深眠的灵魂，走出高原湖，我的眼中已装满了圣湖的泪滴，变得晶莹、透亮。

归来的路上，雪山渐渐隐去。洁白的云在头上飘忽，风中传来雄鹰飞过的回响。

我想借助雪域高原最后一缕清风，最后一片祥云，在即将离开的这片土地上，慢慢将心灵净化成一片空旷。

别了，美丽西藏！别了，我的天堂！

原载《乌蒙新报》文化周刊 2023 年 9 月 20 日

四月的乡村

安宇影

四月的乡村是一幅淡雅的水墨画。

妩媚的春已摇曳而去，浓烈的夏还未到来。四月的乡村，正是最美的时节。

桃杏已褪了残红，菜花也已逝去，但此时桐花正紫，槐花正白。房前屋后，前街后巷，一棵棵高大的桐树，挂满了紫色的花朵，如高举着一个个小喇叭，吹响了四月乡村的号角。一棵棵古色古香的洋槐树，静默着站在村口，如饱经沧桑的老人。远望去，一树树槐花如一片片白云挂在树梢，给古朴的乡村增添了一分妩媚。槐花是典型的乡下花儿，娇而不艳，如朴实的村姑。花香清新而淡雅，闻之令人神清气爽。

槐花不仅是乡村的一道风景，也是人们餐桌上的一道美味，或炒，或蒸，或煎，或炸，均清香可口，老少咸宜。

四月的乡村，是一位身穿绿衣的妙龄女子，款款地从田垄间走来。她已褪去稚嫩的鹅黄，却又未至成熟的墨绿，正是恰到好处的青翠欲滴。绿色的油菜荚子，绿色的麦穗，绿色的蒜苗，绿色的青杏……一切都沉浸在青翠的绿色中。这样一片青翠的绿色，在初夏阳光的照耀下，如一块未经雕琢的璞玉，闪烁着激动人心的光芒。

在细雨微茫的清晨，四月的乡村笼罩在蒙蒙的雨雾中。一声声鸡鸣将村庄从酣梦中摇醒。炊烟缭绕中，荷锄的农人戴着草帽从村庄走出，走向那一片充满希望的土地。

黄昏时分，西天的晚霞如一幅壮丽的织锦，温柔地覆盖在这片绿色的大地上。空气中氤氲着谷禾灌浆的清香，质朴而温馨，让乡人们的心中无比踏实。

月亮升起来了，如泄下一片温润的牛奶。初起的蛙鸣，将月光撩拨起来，整个村庄，便沉醉在这牛奶的馨香中。月光下，有三三两两的乡亲，悠闲地坐在门口的石凳上，安然地抽着一袋旱烟，"'麦'花香里说丰年，听取蛙声一片"。

四月的乡村是一幅淡雅的水墨画，更是一首悠扬的抒情诗。

原载《怀化日报》2023 年 3 月 29 日

每一滴汗水都不再是孤独的

黑小白

春 耕

离开之前，要在苏醒的土地里撒下饱满的种子。

这是对家乡的敬重，所有的希望都源自养育自己的热土和粮食。

没有触摸熟稔的农具之前，没有嗅到泥土的芳香之前，身体里藏满一个冬天的大雪。

只有沿着自小走过无数遍的山路再走一次，把那些刚刚冒出头的青草打量一眼，把那条走出严冬的溪流蹚过一遍，阳光才会消融启程前脚步的犹豫。

老牛又老了一岁，却依旧不紧不慢地走在前面。看着它多少年来似乎从未改变的步履，时间仿佛慢速放映的分镜头，一帧帧从眼前掠过。

但生活一直在继续。

每年的春天，他都要和亲人告别，赶去陌生的城市。

仿佛九月的蒲公英，飘向未知的远方。

而远方，是另一个故乡。他要在那里洒下真诚的汗水。

像自己在三月的春风里，让豆大的汗珠滚落在庄稼地里。

进 城

走过长长的巷子时，他不时回头，母亲的银发像山头上的新雪，又落在了他的心上。

和同伴坐上车，母亲还在巷子口伫立，她被岁月拉弯的身体，在视线中越来越小。

同样渐渐失去踪影的还有鸽子栖身的屋檐，和那棵高大的杏树。

村道已非昨日的土路，硬化的水泥路笔直而宽阔，仿佛从一开始，他就走在了康庄大道上。

事实上，他还要赶很长的路，要像羚羊翻越山峰，要像快马驰过平川，要在一个比家乡的麦场宽敞几十倍的地方，奔向梦想的靠台。

往年，这是他最为焦虑的时刻。他要穿梭在车水马龙的街头，四处寻觅汗水歇脚的地方。

而现在，一些温暖的人，在他出发前告知了翔实的务工信息。

家乡，给他的不只是离别的忧伤，还有陌生中清晰的方向。

他时常觉得，自己并不是一个人漂泊在异乡，那么多熟悉或陌生的人是他在茫茫人海中奔波的依靠。

工　地

他还是去了工地。但不再搬砖砌墙，也不再搭设脚手架。

这些已是他成长中的往事。

父亲说，艺多不压身。

在外面打拼的这些年，他像年迈的父亲一样，除了务弄庄稼，也学会了木工、电工、焊工。

工友是他的师傅，技能培训是他的机会。

他走过的地方越多，学到的东西越多。

仿佛一只勤劳的蜜蜂，在一次次奔波中，把花粉酿成甘甜的蜂蜜。

他想让梦想的翅膀变得更加有力。

今年，他开起了塔吊。

高高的操作室，仿佛小时候高高的麦垛，让他亲近而安心。

笨重的塔臂像灵活的翅膀，在蓝天下舒展。

天空有多辽远，梦想就有多辽阔。

但只有从爬梯回到地面时，他才确信他属于土地。只有扎根于土地，像种子一样不放弃，经历风霜雪雨，才能长成高大的麦株。

而一棵麦株接近的天空，才是自己真正拥有的高度。

思　亲

"独在异乡为异客，每逢佳节倍思亲。"

他一直在默念这两句诗。

儿时不知诗中意，待明了已不是少年身。

孩子刚刚来过电话，说家中一切都好。

这次考试，他的语文进步了，老师表扬了他；爷爷每天送他上学，然后去放羊；羊群里多了三只小羊羔；奶奶收拾家里，做好了饭，等他回家。

同学们也都很好。他交了几个好朋友，周末了会一起去玩。

家长会是爷爷参加的。爷爷回来说，还有一些同学的父母也在外地打工。

孩子像母亲一样唠叨着，他却不知道要说些什么，只是不停地应答，仿佛他才是一个孩子。

但他必须坚强，咽下泪水和思念。

离开是为了重逢，所有的归心似箭都将成为相聚时的欢声笑语。

这些年，他从来没有忘记，给父母和孩子一个承诺，平安回家。

他熟知工地的安全守则，像熟悉青稞和小麦一样。他希望自己像秋收的谷粒，回到熟悉的屋檐下。

因为他知道，亲人们正在明亮的灯火下，静听他归来的脚步。

温　暖

工会的人来了。

法律援助中心的人来了。

律师事务所的人来了。

劳动监察大队的人来了。

那么多的单位，那么多的人，一次次来到工地上。

他们带来了法律知识，为工友们解答法律咨询。

他说不上他们的名字，也不知道他们的职务，但他们像亲人一样嘘寒问暖。

他想起离家时，也有一群这样亲切的人，为他出谋划策，寻找最好的务工地。

曾经，这个偌大的城市，人比家乡的庄稼还要多，他不止一次地感到陌生和悲凉。

看着冰冷的钢筋水泥，让他时常怀念故乡的草木，他多么渴望看到，像麦穗上的阳光一样温暖的人们。

而现在，他看到了。

工友们也看到了。

他们的真诚和关怀，就在身边。他们让这座城市充满了深深的感动。

他愿意用自己的汗水浇灌这里，而每一滴汗水都不再是孤独的。

原载《散文诗》（青年版）2022 年第 11 — 12 期合刊

辑　三

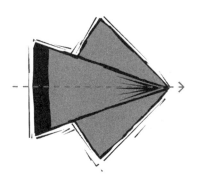

大河湾

黄恩鹏

老门楼

鱼儿采矿，鸟儿掘井。把太阳的金子嵌于门楣。家族的荣耀，生命的光焰，有着充足的电荷。南山和北岭，清沙河开启了厚重之门，那一声"吱呀"，似历史的回声，响在了记忆里。大地庭院，稻谷丰盛。身前身后，旧事重提。寂静中听见了花草随露珠分蘖的声音。

义人驾八百里快马，送来了拍遍栏杆的诘问。菊花冷凝，深秋归鸿。醉里挑灯看剑的人，可以流芳百世；声色犬马的人，痴痴呆呆，流走了华年。

八角鼓，大小钹，高跷红绸舞太平，梅花一曲春风调，人依金闺彻夜听。山坡黄栌，平原大道两边生长桦叶槭和老槐树。鹌鹑为了种子而活，不在意落英缤纷。从前那些掩耳盗铃，此地无银，不是你要的生活。勠力而行的人，才有资格得到上天的宠幸。

清沙河畔，离家多年的学子，抱一根蒿草寻找祖宗的踪迹。天地安静，浩大的风雨在泥土里蛰伏。世界快速前进，梦想被江河冲荡。某个美好的秋夜，你看见了一群绒山羊误入了歧途。挖山，掘岭，断河流。而只长稻子不长稗子的土地，绝不会是沃腴的土地。

大河之畔，最小的一小株菖蒲亦会让空气变得酸涩且湿润。时光流年哪，世事艰难哪，苍茫天地，浩荡春秋，只要热爱，哪里都是故乡。

你以悲悯和感恩为灵魂取暖。风没有过去，别急着上路。四月五日，当山谷吹来了清风，当清风裹起了细雨，当绵绵荡荡的雪花洒过来，你忽然听见从故地传来了亲人的声音。

大河湾

就从石门开始吧，沿清沙河，由东向西，由北向南，水光闪烁。村庄收拢了所有花香。无法回避秋寒的虫鸣，安眠于一株大树的根部。光线内敛，阳光普照。房屋坐北朝南，那是天下最好的风水。鱼群离开了荒草的阴影，再次回到了石头中间。

夏发大水，河流漫溢。雨蛙唱，水上床。清沙河在望宝山拐弯，再由北向南：黄土岭、榜式堡、腰岭子、张郎寨、古台子。有人把山壑河湾当隐地：做一回大唐的诗人，做一次大清的绅士，做一个民国的心灵淡泊、温文尔雅的书生。没有一条小溪是独自行走的。没有一座山能拦住小溪。月光藏在了果核里。前院后屋的乡亲，像鱼一样，闪耀河里。坚固的门板卸下来，可当舟筏。阳光先于阴影抵达。蜜蜂腹内，孕育炉火，熬煮全天下的香泽。

你听见：弓箭呼啸，鱼雁落地。风雪在石缝间藏了一把金钥匙。牛羊的骨头，堵塞了昏聩的夜晚。西风凌乱，东风弥漫，南北风沉隐在拂过穴居虎狼的山林。

手捧谷穗，河边定居。燃薪煮锅，执耜播耕。恪守信诺和敬仰天地的人会得到长寿。流年河岸，恶兽遁迹。河流捧出珍宝。镔铁偃月刀震烁魔界，青铜宝镜照鉴河山。女人浣衣，男人引渠，打鱼捉蟹，架锅煮蚌。柳枝为绳串起鲦鲹鲤鲫。贴窗花的庭院，留住了清澈的月光。踩着沙滩奔跑的孩子，把一大捆马唐草和一小捆艾蒿背回家。

东山开阔，有人在铺满卵石的平坝，编草铺床，搭起凉棚，供乡亲雨中歇脚。大河湾的天亮得真快呀。东部山区，日出时间比城区多了几秒。一夜奔波，可分辨的面孔还剩多少？七曜在上，灯盏在下。村庄河岸，一群绒山羊和几匹黑骏马，一路相伴吃草。

老枣树

老门楼东墙侧的老枣树，皮鳞龟裂，虬枝刺天，满树小珠小粒儿，集中了天真性、原创性和自然主义后现代之魔幻艺术。老树嫩叶，葳蕤茂盛，果实即将晒红成熟了。

从金州来的小表姐孙秀丽，霸气又骄矜。她被天宠爱着，她被地宠爱着。老枣树年轻，以高度和宽度，量出了孩子们性格的宽窄。薄衫和短裤，衬托出了漫天阳光。她的内心，不存在灰色光泽和冷色调。也不存在孤独和寂寞。她有天大本事上蹿下跳，摘瓜撸枣。小狼向狮子举起反击的火焰。田园诗属于童年。三两个稚嫩小娃用身体辩论，用天性指代行为。

给风花雪月找一个民间意境是最美好的事。老枣树像一枚硬盘储存了大量记忆。倾情玩耍的小女孩，像不安分的小蜗牛，柔嫩的触角不在意惊吓神经的尖枝利齿，不避讳隐藏叶子下的洋辣子和高举螫矛的马灿蜂。照亮天空的手灵巧智慧，搭配属于人性的关键词。摘干净的小粒，装入绣花肚兜。脆脆的小枣子，蔫巴巴的小枣子，都好吃。

多年以后，定居海外的表姐回到故乡。重提往事，想起了露脐裸腰的年代，忽就有了一种久违的羞涩感。老枣树像一把开启往事的钥匙，毫无滞碍，将封存多年的记忆打开。她向往童年时光，能清晰记着小枣子独有的甜脆。表姐孙秀丽说：再也吃不到比那株老枣树更好吃的枣子了。时间长草，村庄需要审美。小小的枣子，从米粒大的枣花开始，一直香，香到万里水长，香到春秋嬗递。但是没有什么力量能够阻挡石头、水泥钢筋的侵吞饕餮。

老枣树被一支建筑设计粗黑铅笔快速勾画掉了。资本横冲直撞，酩酊大醉的高厦摇晃。故事沉默，要说的话再也说不出口了，美好的童年印象还是不被颠覆为好。

雨后野花

下山的时候，你永远是低头的。坡上坡下，那些野花：婆婆丁、马齿苋、荠菜、曲麻菜、薤白、灰灰菜、车前草……带着小根挖出，主根仍留地下。清水洗净，蘸黄豆酱，佐食高粱米饭。或者焯水，切碎，与猪油滋啦拌馅儿包全麦面饺子，或者滚苞米面儿菜团子。刺叶子菜，按时令采摘。或者刺叶子菜切碎爆炒鸡蛋，胜过了所有城市饭店招牌菜。

春天吃了山野菜，一年不会得热疾。春雨惊蛰清谷天，夏满芒夏暑相连。草木亮光闪烁，民间大医精诚。野生的花草，把一大群蜜蜂带到了山根，清澈的风把一大片鸟儿带到了水边。宿命来自内心的觉醒，山水以最大的慈爱护佑民间。

时间打开了天地缺口等待翅膀穿过。一路不发螫刺的蜜蜂，在高贵的花色里奉献了所有的醇甜。雨后野花，有如乡人模样：紫色苜蓿、黄色连翘、粉色益母、白色山荆子、红色石竹。金木水火土，五色命理吉祥。不找理由争辩失据，不以言辞调剂错误。

阴影呼啸，有的放矢，如此才会看得清南辕北辙的事。你像草木，不闻狼嗥，愿聆花语。不管躲在事物背后有多少阴鸷的眼睛。你只从容坦荡。你看见：雨后野花犹如乡人模样。月亮是一枚药片，如今的你久病成医。你的乡愁需要一剂对症的草药。

贝壳庭院

庭院田园，瓜果盈枝。月光、蜜蜂、蝴蝶、蚯蚓和萤火虫在此居住；清风、燕雀、青蛙、蟾蜍和刺猬来此做客。和睦的情感融入泥土的芬芳。河流与山岭是村庄的城墙。

从钢都下放农村的韩家少爷将一部唱机拿来，旋转的音乐，你第一次听到，带圆心的黑色塑料盘子，会旋转出莽莽森林的风涛和溪水潺潺的流淌，会旋转出虎啸狼嗥和风雪弥漫。接着是"穿林海，跨雪原，气冲霄汉"高拔的唱腔。歌子是当时的歌子，机器是韩家的珍存。贴年画是你的长项，小孩子眼睛好，能准确平衡高低位置。红糖火勺与油炸年糕，东关双胜楼饭店能做出独特味道。在乡村，你扒了一碗小嘎啦，吃一碗高粱米水饭，就是美餐。

　　大鹅忠诚，护佑果子；大黄狗儿打着哈欠，困意袭来时，对周遭一切不理不睬。但你喜爱大黄狗儿，它对你手里的骨头情有独钟，摇头摆尾，上蹿下跳。前后宅门打开。庭院、农田、牲口圈、马车道，靠近老屋的土路，总有顽劣少年爬墙摘桃撸枣。大鹅怒吼，黄狗吠叫。喜欢雨中爬墙的小顽主，有时从墙上摔下擦伤皮肉，母亲还得去人家送药送一些果子。

　　前院大鹅，后院大黄。家园梦境般存在。一旦成为悄无声息的荒芜，世界将是多么地空旷和苍凉。城镇无限扩张，欲望烧灼，遍地狼藉。

　　你以诗歌拯救大地。没有什么可以成为放弃对那些美好事物追忆的理由。

原载《诗歌月刊》2023 年第 2 期

杂咏六章

张诗青

其 一

山风只在山上吹，带着一股野性难驯。

攀着秋的山脊，一路摸索，便寻到那块头盖骨；它的沉默坚硬不屈，它的眼神噙着鹰空。

漫山的植被，不分高低贵贱，俨然都在努力做同样的事——修成正果。

乱石杂草之间，无路下脚之处。红丹丹的野山楂，黄澄澄的小乌柿，尚未熟的青橡果。秋之收获，总会欣喜。

岩石上，缠绕着一种名叫络石的藤蔓，每年至秋，叶子就会一天天渐红，煞是好看。

多数时候，如我这样的旅人，大概也只能看到此，想到此。

岩石是如此贫瘠，络石是如此坚定。一旦选择彼此，注定生死相依。

那瘦长的荚果，不语，却懂。

黄昏，幻成了迷雾般的薄纱，披满正在丰收的大地。

那轮夕阳，让我走着，望着，又无心眷恋着。

其 二

它在坠落，如同升起。

草木易凋零，唯岁月沉稳。

我无法对视它，那剑芒会刺毁我的眼；我亦无法背对它，让我深陷孤独和绝望。

在这阴暗的影中，孤独和绝望，让人自由，让人自在。

一个人在路上走，四周并不明朗，墨蓝的苍穹，悬起另一轮孤独。

两旁爬满了葛根密匝的藤叶，将荒芜消磨殆尽，然而，又新生出更大的荒芜。

踩着这荒芜，我将重回故道。

旁边，偶尔有人擦肩而过，又匆匆而去。

四周并不明朗，墨蓝的苍穹，让人自由，让人自在。

其 三

落日与晚风，一张一翕，浮动着黄昏的旧梦。

江轮在时光轴上，游离。

远眺水面，呈现出波光粼粼的脸颊，旋律古老而沧桑。

为了这份执着与等待，我要穿过那片茂密且暗的丛林，抵达你如炬的目光。

但这条路，暗藏惊险。

途中不时有野花椒和浑身生满尖刺的荆棘，占据和阻挡酸软的腿脚，划破了浑厚的黄皮肤，在膝盖和胳膊上，留下猩红的伤痕。

我不惧怕痛，尽管它曾那样折磨过我，但还要接受它赐予的受难，就像祈求尽头稀薄的余晖。

穿行其中，也会有小的欣喜，比如新识了绣线菊、野鸦椿、东风菜几个名字。

这些人间的中草药，大多有清热解毒，止血化瘀之功效。

如果可以，我愿找到更多的良药，和隐秘的药方。

愈合猩红的伤痕。

其 四

两只鹰在山巅，盘旋，时而不动，时而消失。

张开臂膀，是强健的羽翼，力量的化身。

穿过茂密且暗的丛林，在悬崖下，在被雨水冲刷干净的巨石上，坐下。

那么沉稳，心感踏实。

可以俯视一江秋水，共长天一色；可以仰慕鹰空万里，扶摇九万余。

即便，看不到它的眼神，却仍感炯炯如炬，那份灼热，猛烈俯冲下来。

强健的羽翼，力量的化身，无所畏惧。

是的，鹰的世界里，大抵向来只有勇敢，因为任何一丝恐惧，都可能让其失去王位，坠落而殒命。

喜欢鹰，心不沉沦。

其 五

秋终究来了，我漫步其中。

由内而外，开始变得斑驳，模糊不清，渐渐失序。

树叶会一片一片凋落，草地会一丛一丛枯萎，伏在其间的虫鸣，也会一声一声匿迹，最后，只剩孤零零一个人，独担旅程。

没有了夕阳，没有了晚风。

再顾四周，看到的只有自己，听到的只有自己。

夜空的群星，向我眨眨眼，我望着群星，同样眨眨眼。

但我明白，彼此之间，相隔的亿万光年，是永远抵达不了的空寂。

而这空寂恰如梦，那般容易遭破碎。

我漫步其中，秋终究要走完。

其 六

夜色袭来，虫鸣有些冷清了。

登山步道上，一只灰色的小蚱蜢伏在前路，眼神充满机警，又仿佛在积蓄力量，当你慢慢靠近，它会冷不丁突然跃起，又转瞬消失于苍茫之中。

弱小的生灵，总能无意间获取人类的怜悯之心，可它们真的需要吗？明了这其中的含义吗？

想必不会。相反，秋天的虫鸣，是交配与繁衍的召唤，是庄重的生命仪式与狂欢序幕。

记得某年秋夜，坐在昏黄的电灯下，忙着地里的所劳所获。这时，一只青色的小飞虫，突然闯了进来，对那盏因为电力不足而表情疲惫的灯泡，饶有兴致。

那时，我还不明白一盏灯对它意味着什么，又将对自己意味着什么。

母亲说，麻先生来了。

麻先生来了，我不禁发出了声。

原载《诗选刊》2023 年第 1 期

触角向内

棠 棣

距离，或者远

阳光直射，影子无限浓重。

远处有河，更远的远处有湖。多少童真的时光在水中浮着，又有多少时光的童真在水下潜着。

河流可以无限退守，只要河的称谓不变，污水处理后便能够回归。

同样，一条路也可以无限狭窄，但只要它还保有路的质地，荒芜便不会彻底。

从生命路线的起伏中，我们可以寻到失踪的星光，不过却再也回不到某个特定的夜晚。

纵横捭阖是一种奔放，而汪洋恣肆也是一种奔放。人与自然相比，或许真的少了那么几分野性。

种过庄稼的人都知道，一块田地，如果没有人为干预，野草总比禾苗茂盛。

镜 鉴

人总是希望用自己的当下去对比衡量事物，却不愿站在事物本身的角度考虑。

我们一天天无可逃避地扮演着自己。渐渐地，我们试着打破习惯与常规。在窗前，用深情而敬畏的语调告诉自己，窗外的百合开了。

开只是一种表述，于我们而言。

对花本身而言，开本身就是一个动作或过程。

双手向两边，均衡地用力，一个生蚝或扇贝就毫无保留地呈现出自己的隐私。

蒸笼上，我们欣赏着它们的同时也在欣赏着自己。

窗扉轻掩，我们看到落日、归鸟和刚从水中上岸的自己。

深度寂寞

徘徊在站牌下，一个人，把迷惘写满眼神。

车辆来往，密闭的空间挤出狭小的空隙。

一个人，可以自由地在草木间穿梭，让灵魂和草木对话。

但一个人置身于城市，却无所适从。

川流不息的人群、车辆犹如异类。远远近近，霓虹灯的光影营造出雨夜的冷寂。

一个人，在尘世间可以无亲无故，就一个人，在人群中，走着走着便消失在夜色的茫茫中。

一个人时，不寂寞是最大的寂寞。

在拥挤的人流中，或者看着拥挤的人流时，一个人，如上了岸的鱼，等待死亡或者救赎。

一片落叶从我身旁走过

曾经，我从一片落叶身旁走过；而今，一片落叶从我身旁走过。

夕阳，那么温暖。

像冬天，像晴暖的傍晚该有的样子。

草还绿着，但已经失去水分，如一些人，看上去还在呼吸，却早已……

这个时节，我还是想看见：羊群在旷野，被北风赶着，如同还没有结冰的河流，荡起一堆堆浪花。

或许，并肩行走的身影，是无可逾越的远，但在快节奏的生活中，更是一种真实。

请喊我北方，从现在开始。

因为，我将和雁鸣、花朵和雪意一起给出盛情和歉意。

在　场

回程的车票已经过期，我们只能在另一个春暖花开的时节，摘下口罩与眼镜，关照自身与外物。

一些荒芜，从身体的某处开始，以暗黑聚集，供我们用以计数时光或来路。

每一个日子，都有着太多的生死、得失、去留、来往……只是，我们从来都不太关注生活本身。

我们在回顾，在瞻望，却很少体察。

往往，我们在观物的同时却又失却自我。

犹如眼前浩浩的江水，流来，流去，却没有任何流走的感觉。

我们和水一样，守着自身的停顿，在彼此的遗忘中，漏掉或者忽视本身的悲欢与疼痛。

原载《星星·散文诗》2023 年第 1 期

从黄昏到日暮

杨思兴

八月末，河水边的黄昏斑斓

水鸟在河水对岸。

黄叶一阵接着一阵，结结巴巴地掉落。

我来到河水边，河水不停地流走，像下午一样，流进黄昏。没有什么可以阻挡流水，也没有什么可以阻挡时间。时间只能被切成一小格、一小格的水滴，滴答滴答地在我的手腕上。面对河水的时候，像一个人独自收拾狭小的空间，有时候是旮旯的灰尘，需要擦拭；有时候是藏在角落精致的盒子，打开盒盖就有幽香。

河水在黄昏的波光中淘洗着自身的鳞片。

前几日的黄昏，也同样散发着每一种不同的忧伤的气味。一个少年在河边的石头上吹着竹笛，笛声中时而草颗发芽，时而细雨缠绵，时而飘雪，时而黄叶纷纷，变换着每一种梦境。

大片的芦花开在河水的宽阔处。白茫茫的芦花坐在尘世的一隅，多像恬淡的时光给人生设置的背景。

河水经过的黄昏和时间经过的黄昏是沿途的同一个客栈。

河水经过的黄昏和时间经过的黄昏，身披一袭长裙。

看星星的人

每一颗星星都是重复摁在黑色铁皮屋顶的图钉。

我喜欢在每一个傍晚的嘉峪关西戈壁山顶看星星。每一颗星星，都是摁进冷却现实里，闪烁的愿望。

天空藏住了所有的想象。

但天空没有藏住想象的划痕。

时至八月末，夜色中，戈壁在渐渐来临的秋冷中，收起高温。撒下的每一颗宁静的种子，都在黑色的天空发芽。我坐在高原上，岁月的春雨泥泞和夏天的不安躁动，在这一刻的宁静中溃散。高原上的夜晚，不知疲倦。我随时等待着，天空会分出它的星辰给我。我希望每一颗在天空独处的原石，都来到这个傍晚。

——我有引以为豪的赞美直插云霄。

夜色中，我是看星星的人，我在迷离和恍惚中一个人抱定自己的肉身。

归来是客，离开也是客。

九　月

书房窗前的桐树落着时光营造的平静。

天空蓝得仿佛一割就破，一割就会流下蓝色的液体。

西墙的角落里，树叶像一群黄色绒毛的小鸭子，沿着墙脚走动，它们没有一片滞留在风中。

也看不见风。

没有事物打扰九月的季节，场院外的柴垛上，两只麻雀拼凑着一颗淡紫色的心，静谧的光柱迎合它们，让它们把要做的事做完。

场院外的田野上，两排齐头并进闪着粼光的白杨树，下一年就能手拉着手一起生长。

下一年将会是更幸福的一个年份。

大半天了，我反复饮下九月时光的醇香，吮吸北坡村的祥和之光。

原载《星星·散文诗》2023 年第 1 期

行吟襄阳

涂玉国

一、隆中

"山不高而秀雅，水不深而澄清，地不广而平坦，林不大而茂盛。"

不高、不深、不广、不大的隆中，底气十足，它高傲自豪地活在万山群峰中，笑看千年风云，笑看万里河山。

山不在高，内藏乾坤；水不在深，卧龙在渊；地不在广，躬耕足以自食；林不在大，梁父吟回声绵绵。

一座隆中山，揽抱三千里汉江的龙气，七省通衢地，天下大事尽在掌握中；一座隆中山，吸纳了襄阳五千年的智慧，师学天下才，成就了一代智圣诸葛亮；一座隆中山，刘备三顾频烦天下计，一策《隆中对》，天下已然三分。

山不高，却长对了地方，背靠秦岭巴山，可进可退；紧依襄阳，三国纷争中的一块净土；面临汉水，轻舟一夜可过万重山。

一座山，占尽了天时地利。

山中无甲子，山中有卧龙。诸葛亮一边躬耕苦读，积蓄力量，一边放眼天下，运筹帷幄。

很多人只看到了智圣的人生高光，却没有看见他风里雨里犁田种地，青灯黄卷冷板凳。冰心先生说："成功的花，人们只惊羡她现时的明艳！然而当初她的芽儿，浸透了奋斗的泪泉……"

一座山的背后，暗藏玄机。只有深入一座山的内里，你才会发现人生的宝藏，窥见时代的天机与真相。

二、夫人城

从春站到秋，从冬站到夏，一站就是一千六百余年。

韩夫人站在高高的城墙上，站在高高的夫人城上，站在高高的襄阳古城墙上，站成了一道永恒的风景。

当年，韩夫人在前秦苻坚攻打襄阳的狼烟里，为了守护儿子朱序的安危，登城楼察看时发现西北角一段城墙不够坚实，为了弥补大意儿子守城的隐患，率家婢与全城妇女连夜筑起一道内城。

果然，敌军由此破城，当看到一道新城如巨龙横卧，斗志全无，兵败如山倒。一道新城，守护了儿子的安危，守护了襄阳百姓的安危。

一位平凡的母亲，在儿子生死关头，迸发出智慧的闪电。一位平凡的母亲，在儿子生死关头，迸发出母性的光辉驱散了战争的乌云。

为了保护子女，再柔弱的女人也会变得比铁还硬比钢还强，比城墙还牢固结实——这就是母亲。

夫人城，一位母亲用大爱铸就的生命之城，守护着自家的孩子，也守护着万千子女。

三、仲宣楼

秋风起兮，思故乡。秋风起兮，心悲凉。

在一个落叶纷飞的秋日，怀才不遇的王仲宣，站在襄阳城东南角的一座小楼上遥望故乡，壮志难酬，不禁愤慨莫名，心有千千结。

他要把自己心里话说出来，给自己听，给他人听，捎给故乡的亲友听。于是，一篇《登楼赋》喷涌而出。

悲愤出诗人，也出好赋。一腔悲愤意外成就了一篇千古绝唱，一篇千古绝唱意外成就了一座名楼。

意外之外，却是意料之中。

从此，建安文学里多了几点风骨。

有才华的人遇到不识才的帝王，反倒是好事，少了一个官员干吏，文坛中却多了几篇有筋骨有见识的文章。人才的悲哀，却是文章的幸运，更是楼的幸运。

倘若李白、杜甫都成了名臣宰相，唐诗里一定会少了很多气象，少了很多纵酒放歌的诗意，少了很多"茅屋为秋风所破歌"的忧愁。

好在王仲宣运气不是太差，人生的后半场遇到了谋略天下的曹孟德，灿灿才华才得以施展，真知灼见才得以采用。

以貌取人的刘表终究难成大器，至死只能偏安一隅；广纳良才的曹操，差一点统一了天下。

一座小楼，像一面镜子，映照着对待人才的态度，也映照着人的胸襟与视野。

一座小楼，像一面镜子，映照着历史的兴衰更替，也映照着每个人的内心与未来。

四、鹿门山

一夜春风细雨，十万朵桃花梨花落满山涧大地。听到细雨敲窗，多情而敏感的诗人，不禁心里长满了惆怅，如果花有百日红该多好。

一轮红日初升，喊醒了千万只鸟儿，它们站在枝头啁啾。听到这脆生生的鸣叫，多情而敏感的诗人，不禁睡意顿生，在这寂静的春山里，还有什么事比睡觉重要呢。

多年前，孟浩然隐居深山时的一首《春晓》，让鹿门山上洒满了伤春惜春的泪雨，长满了"鸟鸣山更幽"的空灵意境。

一座山，因一首诗拔地而起，长成了唐诗的高峰。

笔落处，有风雨，有伤感，更有田园山河。诗成时，有淡泊，有旷远，更有隐逸豁达。

听到诗人的心声，鸟鸣里长出了忧愁，落花里长出了知音，寺庙钟声里长出了禅意。

听到诗人的心声，万物启灵，顽石开悟，一座座佛打坐在枝头，一座座佛打坐在深山。

更多的佛藏在深山深处，庞德公、孟浩然、皮日休……他们藏进了远离俗世的世外桃源里，藏进了白云深处，藏进了历史的简册里。

走进鹿门山，流水会洗净沉重的肉身，鸟鸣会洗净迟钝的听觉，落花会洗净干涸的灵魂。

从此，无尘无垢；从此，无忧无虑；从此，风轻云淡；从此，我才是我。

五、鱼梁洲

"渔梁渡头争渡喧。"

当黄昏如一驾马车驰过浩大的人世时，日落而息的人们荷锄肩担，从四面八方汇聚于鱼梁洲的渡口，或乘舟回江村，或乘舟回蔡洲，或乘舟入南山。

一个小小的渡口，把来自四面八方的人，渡向四面八方。一个小小的渡口，撑起了繁盛的人烟，撑起了老百姓的日常。

如今，这小小的渡口已经不在。一条过江隧道，一座座跨江大桥，让天堑变通途，缩短了时间与空间，缩短了天地万物。心与心的距离能缩短吗？

鱼梁洲，这座汉江中间最大的沙洲，因神农氏妹妹玉娘在此教人种蔬菜而得名的沙洲，恢复了它的本来面目。

"洲，聚也，人及鸟物所聚息之处也。"南来北往的鸟儿，在此汇聚歇息；南来北往的树木野草，在此汇聚歇息；南来北往的方言，在此汇聚歇息。

鱼梁洲一转身，一扭头，长成了一片林木森森的绿洲，长出了蝉鸣与诗意，长成了一个孩子戏水玩沙的天堂，长成了襄阳城市的绿肺。

一呼吸，绿意盎然；一吐纳，鸟鸣蝉唱。

六、岘山

"岘，山岭小高也。"

一座小而高的山，东临汉水，西临荆襄古道，站在襄阳城南，站在兵家必争之地咽喉处，用"一夫当关，万夫莫开"的勇气，用自己坚硬的身躯，抵挡兵戈箭矢，将战争挡在襄阳城外。

一座岘山，用牺牲自我成就了自身的伟岸；一座岘山，用不屈的傲骨站成了襄阳的守护神。

众生慕名而来，他们用自己的感恩立祠修庙，致敬生命的守护。

众多诗人慕名而来，他们用自己天马行空的想象，为一座山赋诗铸魂，为一座山作词歌唱。

孟浩然，曾巩，张九龄，陈子昂……他们把自己的诗刻在一座山上，也把自己变成了一座山，一座诗歌之山，一座文化之山。

征南大将军羊祜是山上最高的峰，他站在山巅饮酒赋诗，他站在山巅筹划发展宏图，他站在山巅经略家国天下。

为人民利益而死的，永远活在人民心中。为了记住他的丰功伟绩，老百姓把他刻成了一块碑——堕泪碑。

"羊公碑尚在，读罢泪沾襟。"一块碑的背后，是鱼与水、水与舟哲学的隐喻与诠释。

岘山，一座战争之山，一座诗意之山。把战争挡在外面，诗意，才有了生长的天空。有了诗意为魂，岘山才有了与众不同的气质与海拔。

一座山，用守护调和了战争与诗意。

一座山，用宽阔的爱在万山丛林里，长成了一座济人救世的佛，高过了流水与尘世，高过了天空和白云。

七、临汉门

下临汉水，因名临汉门。

站在临汉门被时光打磨得光滑圆润的青石板上，来自秦岭大巴山脉深处的汉水，来自汉风起兮白云飞处的汉水，来自亿万年前地质年代久远的汉水，自西向东逶迤而来，在脚下一停顿，一驻足，一回眸，时光静止，历史的烽烟滚滚而来。

有邓巴之战的狼烟四起，有宋蒙大战的箭矢霍霍，有岳飞守襄阳的传奇，有郭靖黄蓉守襄阳的侠义……

一座厚重的城，一条宽阔的江，挡住了刀兵，挡住了杀戮。

一座铁打的襄阳，在历史的夹缝里，撑起了一方宁静祥和，撑起了凡俗的生活与人烟。

一艘艘帆船早已远去，远去的还有南来北往的货物与乡愁，远去的还有七省通衢的喧嚣与吵闹，远去的还有"主人下马客在船"的互文。

一组青铜的浮雕，站在深不可测的水边，试图用淬火的身体留住过往。

那些弯曲的脊背、隆起的肌肉、凝固的汗水、绷紧的纤绳，想把唐宋的诗意，明清的故事，一点点拉回来。

过去的终将过去，就像每个人终将老去。

空余一阵风，吹来往日咸重的汗味，那是身体里的铁，骨骼里的钙，它们共同锻造了这座古城的基因与内里。

空余一座旧码头，一座大理石质的空门，活在过去的岁月里。只有抚摸它坚硬冰冷的身体，才能听到它内心深处的波涛与长风、繁华与过往。

空余一江浩大的汉水，空旷的身体里长出清风明月，长出轻纱薄雾，长出两岸的高楼大厦，它们在一江平滑如镜的水中密语，与藏在水底的游鱼密语，与倒映在水中的飞鸟密语，它们要把这盛世的荣光，让风与鸟翅捎往更远的远方。

八、大堤

一道蜿蜒大堤，横亘在襄阳城四周，将汉水阻挡在外，将襄阳城揽在自己的臂弯里，护佑了万千人的安康，护佑着万千人甜美的梦。

一道蜿蜒大堤，种出了十里绿柳，百里春风，千里莺啼。

春风一来，就喊醒了冬眠的襄阳人，喊醒了紫燕嫩柳、青草野花，他们呼朋唤友，拖家带口，到大堤上踏青，赏春折柳，浅吟低唱。

一曲《大堤曲》由是横空出世，惊艳了汉唐风月，惊艳了文人雅士。

曲因堤而生，内里便注入了缠绵婉约的基因。一张口，就是黄莺出谷，清风拂面，醉了绿水，醉了弯月，醉了春山。

李青莲站在大堤上，醉眼蒙眬地唱："遥看汉水鸭头绿，恰似葡萄初酸醅。"

刘梦得在春夜里抚须感慨："春江月出大堤平，堤上女郎连袂行。"

"大堤女儿花见羞"，那些情窦初开的大堤女，莲步轻移间，香风醉了多少少年郎；巧笑倩兮间，迷倒多少痴心汉。

温婉柔美的大堤女，成为万千男人心中的女神，成为唐诗宋词中绝美的意象。

一道大堤护佑苍生的同时，长出了无边的诗意与爱情，成为烙印在襄阳天空下一抹最迷人的风景。

九、檀溪

的卢马的嘶鸣似乎还在耳边回响，檀溪的河水似乎还在汩汩流淌，这些古今交错的场景，在马跃檀溪的遗址前如黑白电影般呈现，生动了一部《三国演义》。

风过后，狼烟停，时空静，一切只不过虚幻。

流水早已凋谢，檀溪早已干枯，只剩下真武山下一枚深深的足印，见证着当年的奇迹，见证着历史的片断。

幸亏了一条宽阔的溪流，挡住了追兵的脚步，刘玄德才得以逃脱阴谋与杀戮，才得以苟全性命于乱世，才得以在水镜先生的指点下，开启三分天下的争霸赛。

幸亏了一匹神马，刘玄德才得以从檀溪水中一跃而起，从死亡的阴影里跳出来，命运由此开始改变，才有了后来的天下三分。

拨开历史的云烟，你会发现，一条溪与一匹马，意外决定了历史的转折与走向。

很多时候，改变历史的不是大人物而是小人物，甚至是一匹马和一条小河流。

原载《石嘴山日报》副刊 2023 年 9 月 5 日

沉默者笔记

蒲素平

一炷香的生死

细细的一炷香，高举过顶，目光处，尽是善念。

细细的一炷香，生出袅袅之烟，对着尘世，对着心中的寺庙。

一炷香，纤细，单薄。

一炷香，庞大，辽阔。

一炷香，点燃就是死，一念一念地死。

一炷香，点燃就是生，香灰在尘世飘洒，气息扎根人间。

谁能拦住下沉的太阳

早上好，晚上好，一天都要好。

刚早安，又晚安，一天真短。

春暖了，花开了，秋凉了，花谢了。大地埋下种子，我生出思念。

春风是什么风？为什么吹开百花，催万物生？

春风是谁的手？一件一件脱下沉默，露出献辞者的心，透亮，发红。

秋风又是什么风？多么大的树在秋风里都会败下阵来，多么坚强的人，都会在风里弯下沉默的腰。

败下阵的大树开始落叶，落在根上，护住根，抱紧根。

唉，今夕何夕？

唉，日落日出，太阳太大太重，没有人能拦得住他往下沉。

唉，人间短暂。

影子，这与生俱来的黑

影子，这与生俱来的黑，与我从无分离。

躺在床上，影子也在我的身下缩着身体，忍受我的重压。

我小的时候，影子也小。我吃喝拉撒，影子也跟着我吃喝拉撒。我长大，影子也长大，我虚胖，影子也虚胖。

我骂人的时候，影子藏在我的语言里。我爱的时候，影子从我的唇间跑出。

我在大树下乘凉，影子和树荫融为一体。我走出树荫，影子迅速从树荫里剥离，以比光更快的速度赶上我。

影子，这与生俱来的黑。

从不早一步，也从不晚一步。比爱我的人更加紧随我。

下雨了，影子先一步进入雨中。下雪了，影子让雪先覆盖在自己身上。起风了，影子宁可让风把自己吹裂，但从不散开。

我接近太阳，影子就短。我登上高山，影子比高山还高。

影子，这与生俱来的黑，从不更改自己的颜色。

也从不独自消亡。

一滴雨回归了自己

一滴雨，从天上落到地上，中间走了多远的路程？

噗的一声，一滴雨不见了。一滴雨落到尘土里。

啪叽一声，一滴雨落在大山上。一滴雨抱紧石头，石头流出泪水。

滴答一声，一滴雨落在书上。一滴雨隐没了一个兴风作乱的王朝，一个暴君薨于龙椅上。

一滴雨，从天上落到地上，中间足够一个人的爱情从燃烧到灰烬。

一滴雨落在垃圾场，那些乱飞的纸张、塑料袋、落叶都低下了头，审视内心。

一滴雨落在寺庙，那些袅袅而起的轻音，越升越高，越来越辽阔。

一滴雨落在一个孩子的头上，孩子看了看天空，开始了奔跑。

一滴雨落在水里，转身不见了。

一滴雨，回归了自己。

风无法吹灭星星

夜，淹没我，淹没大地，但隐没不了星星。

星星在夜空，更像一句誓言，在黑里，闪闪发亮。

多少风都无法吹走。

那么远，星星都不怕，星星有耐心把光照到人间。

那么黑，星星都不怕，星星有信心让光抵达爱人的心上。

我无法告诉谁，星星有多大，星星可以安慰谁。

我无法告诉谁，神秘的事物总是趁着黑夜来临。

我能说出的就是：再大的风都无法把星星吹灭。

原载《北诗歌》2023 年创刊号

相　认 [外三章]

王　妃

在我俯身擦地的那个下午，我们交换了彼此，曾经啊，那些照片和伤口。

躲在照片里的两个人，伤口被深深覆盖，只剩下眼神。

——那是两口井。井水透着寒凉的光。

——那也是两把刀子。

我们同时亮出了深藏的白刃，把刀柄递给对方。被火焰灼伤的手，再一次联袂生起炭火。

其实早已不在意了，管他刀子能否软化成铁。炭火温存。信任是镶嵌其上的钻石，值得珍藏。

我们靠近炭火，收敛锋芒并保持衣裳干净。

被看见的栾树

朴素了春，朴素了夏，朴素了大半年的栾树静静生长，不为人知。

入了秋，开了花，那么美的栾树终于被看见。它喷薄的生长力与沉沦的秋气周旋、对抗，蓝天是空阔的舞台。

高处的璀璨。低处的陨落。除了美，还有说不出的忧伤。仰视和俯视的人都有一个复杂的脸孔：因为爱，绝望和希望集聚——

为什么在 44 岁遇见而不是你这样的 14 岁？

为什么穿着白色亚麻裤而不是你这样灿烂的黄裙子？

被看见的栾树啊，像你一样是个赤子。一树黄花让肃穆的秋天有了明亮的颜色，接下来，你还会看见那些通透的果实——

像一盏盏灯，一颗颗清澈的心前赴后继，跳进生命的长河。

看麦娘[①]

看麦娘不看麦子只看鸡仔。绒球一样的鸡仔，仿佛滚动的财源，它们啄食草籽，唧唧复唧唧，它们的未来是鸡也是蛋。

看麦娘不看鸡仔只看娘亲的脸。心事重重忧愁密布的脸，曾经多么干净，对爱情也有过短暂的幻想……快吃呀快长呀，希望变成现实总是很难。

看麦娘不看麦子不看娘亲只看我。拖着清鼻涕在油菜花丛里找啊找。蜜蜂嗡嗡跟我回家，看麦娘跟我回家。

草籽义乳，喂养鸡仔。

春光照拂拱起的后背，安慰一个天真的穷人。

大雪日，与友人清谈

今日无雪。但我们都曾经历过大雪深深。

犹记得，大雪初落，纯棉布面绣上浅浅的、欢喜的脚印。有爱的人在雪中舞蹈，捧接六瓣雪花的小手冰凉，被你温暖的大手焐住。那时候，雪与血，白与红，都是最圣洁的象征。

浅薄的爱哪经得住时间的考验？背叛在那场大雪到来前发生。下了三天三夜的大雪啊！失爱的人在雪中凝望，冷风送来无法出门的信息。寒雪冻结泪水，冰碴扎心留下道道血痕。

身心瑟瑟的人像一块石头，渴望被雪拥抱。被雪拥抱的石头呢？当积雪消隐，石头内部的荒凉还是荒凉。今日无雪。但我们早已做好了准备，石头面对

---

① 俗称"小鸡草"。

的终是坚硬的自己。

　　接受现实，像接受阳光接受雨雪一样从容。

　　接受未来，头顶白雪直到被大雪深埋。

原载《散文诗》2023 年第 2 期

村　姑 [外二章]

李朝阳

她从村庄里走来，扎着蓝色的头巾，白色裙裙飘成一树梨花。

她走进温暖的大棚，足音轻盈如水，怕惊醒每一枚嫩嫩的青果。

因为贫穷，她走出大山，把花季交给城里厂区，在山外的世界，以聪慧的大脑复制科学。

为了改变命运，她历经磨难，把青春付给勤劳。在一个人的他乡，用灵巧的双手彩绘人生！

今天她重回山寨，梦想打开了木楼的窗棂，她的歌声绽开在坡岭田畦。

垦荒筑堤，架棚种植。

浇灌施肥，除草修叶。

她要做新农村的园丁，让科学种植在家乡的土地上开出鲜艳的花朵，让智慧和勤劳在村庄结下幸福的硕果。

那一片白色的大棚里，红色的草莓好似迎春的灯盏，映射出最耀眼的光芒。

那百亩翠绿正透着晶莹，为远到的宾客捧出成熟的挽留！

一幅新农村的油画在山乡舒展开来。

美丽的村姑走在画里，也走在画外。

古寨水声

平缓的跌落，在寨前的梨花深处。

宁静的舒展，在村庄原始的胸膛。

油菜花点亮山的寂寞，葡萄园探出吐绿的微笑，红草莓流溢幸福与香甜。

古寨打开了 Wi-Fi，点开链接，梦的网页里，一个振羽的姿势，起飞在乡村的三月。

我从弯弯的山道走来，脚踏春的潮湿，柏油路的温馨，延伸着纯情的人文。

我不是耕夫，却能催醒锈蚀的犁铧，以一章散文诗的清灵，去歌唱或者诠释一张奋进的宏图。

春天的古寨，是春雷的惊梦还是历史的嬗变？

心灵的古寨，是花开的无题还是水流的经典？

这来自地层的水声，在流淌，在激越，在奔放。

这灵动的岁月与光亮的水，在轻歌，在曼舞，在牵手欢乐。

这来自春天阳光下的水声，在古寨的上空，在一望无际的期待里，用奔流的形态和舞蹈的方式叙述和表达爱与未来！

在酒乡

总有一种醇香牵引探寻的步履。

总有一个承诺封存岁月的沧桑。

美酒河的生态从五月开始重新启动，漫过峡谷的青藤，跟随风的轻唤，为你开辟一条幽静的栈道。

只因为一个关于酒的约定，整个小镇都在反复发酵我们的爱情。那片秋的高粱地，那一首悠悠赤水船歌，一段段重复着热烈的渴望，只等九月成熟里最高温度的流淌。

我在重阳的山头插满茱萸，眺望你来的弯弯山路。埋藏三十年的那坛老酒，已按捺不住开封的激情。我斟满爱的酒盅，挥笔写下爱情的狂草。

别在山的那一面徘徊了，情感已经成熟，等你同醉。

原载《湛江日报》百花副刊 2022 年 11 月 29 日

清　明 [外二章]

王　剑

两三点雨。从晚唐飘来。

它锋利的翼，划过迷蒙的□□□□□□童的唇齿间，奏响晚歌。

鬼魅三三两两。它们的痛苦或微笑，隔着雨丝，或者泪光，与清明完成一次庄严的对视。

诗雨交织的日子，零落成泥的桃花，令每一位沐雨而立的人，都心如刀割。

狂欢的借口

水是清的，太阳是暖的。油菜花打开一万次的金黄。鸟的叫声，擦过四月的薄凉，叩响我们的心扉。

出游。到山野去。到田间去。到任何一个我们想去的地方去。爬山。濯洗。清唱。野炊。看郁金香。

此刻，清明，只是我们尽情狂欢的一个借口。而距离我们不远，早逝的祖先，纷纷走出坟茔。他们穿着过季的棉衣，挎着盛满野菜的竹篮。抚摸我们的眼神里，满是怜爱，和痛惜。

然而，在四月柔软的阳光下，我们的心早已坚硬。我们高举忙碌的大旗，不予理睬。

我们只关注大树的枝叶。只关注花的鲜艳和果的芳香。至于大树的根系，因为太过黑暗，太过遥远，他们都只是一些模糊的背影。

俄尔风来。尘土驭风而飞。一下子飞进我们的眼里。

揉揉满是欲望的眼睛。我们在清明，总算是流下了一滴，感恩的泪水。

昨天，村里死了一个人

昨天，村里死了一个人。

几只唢呐吹了半天。大家七手八脚把他埋了。然后，围着院子中间临时搭建的灶台，吃了一顿饭。

大家该干啥还干啥，好像什么也没有发生。

这个住进地下的人，像一块黄土沉入另一些黄土。他没有留下箴言，甚至有一天，他连名字都要漫灭了。

他卑微而忙碌的生命，就像一本合上的书，从此不再打开。

但村庄，仍是那个村庄。无论谁死了，都这样。

原载《天山时报·天山散文诗月刊》2023 年第 54 期

润泽路上

黎　杰

堵

润泽路是一条短巷。

很短。风从东头来，摩托从东头来，人力三轮车从东头来，共享单车从东头来，轿车从东头来，城里人从东头来，乡下人从东头来，这些，全都堵在西头。

西头卷起尘土，西头在建。

阳光不挤，阳光是拐角擦鞋摊上方的一块遮阳布。

坐下来歇歇。

米粉店人满为患，面馆还打着烊，小五金店摆上了人行道，棋牌室的门虚掩着，美容美发店灯光迷离，睡眼惺忪。

行道树叶一枚枚落，日子一枚枚落，今天和昨天在重复着，叠加着。

不是每一个脚步都有计步器计着数，脚步匆匆。

润泽路前身是一田坝，我们走过的地方，就是一茅草小径，如今道路硬化了，溪水流不过来，巷子有些堵了。

门虚掩着

门，虚掩着。

店铺里寂静无声，一个恹恹欲睡的正午，满润泽路的店铺都虚掩着。

突然想起乡间午后，满村都只有一只柴犬在吠着，只有一只蝉在嘶鸣着，其他的都闭了眼，睡觉。

很闷的，我想敲开风一条缝，让阳光挤进来。

我突然记不得我要买些什么了。

虚掩的门毫无心机，此时，有一只麻雀在店门前下水道口啄食陈年往事。

我大概记起我是来买一包盐或打一壶酱油的，我们的生活总缺点味儿。

店主人去哪儿了？店门形同虚设。

在门前徘徊，我不敢上前去，敲，或者推，都将让寂静的润泽路受惊。

事实上，我不知道被这门拦在外面多久了。

唱歌的小巷

小巷在唱歌了。

第一支歌是卷闸门唱的，店主的哈欠声是长长的过门儿。

第二支歌是洒水车唱的，一句歌词唱不完，洒水车就开过了巷子。

第三支歌是清洁工唱的，扫一帚，唱一句，直到车流人流盖过来，歌声才小了，但从没停止。

清洁工的歌最嘹亮，她唱的是山歌，唱着唱着就会把人带偏，带到曾经的乡村，带回曾经的童年，带去摇动着的外婆桥。

润泽路上的这支歌，都听得懂。

擦皮鞋摊

拐角处，一亭，擦皮鞋专摊。

一个人走过来，又有人走过来，他们在擦皮鞋摊前，停下，看看自己的皮鞋。

看一个人走过来，看另一个人走过来，擦皮鞋的女人，目光停下，不看人，只看路过的人脚上的皮鞋。

拐角处，人流量大，总有人停下来坐坐。

不擦鞋也坐坐，累了也坐坐。

鞋擦起来了，我注意到，擦鞋的女人把那么多的阳光都涂在了鞋子上，鞋擦亮了，鞋上有光了，满条街都整洁了。

我还注意到，鞋亮了，那双擦鞋的手却暗淡了下来。

我伸出的脚又收了回来。

修 补

润泽路需要修补了。

润泽路从小路变成大路再硬化后，就不堪承受了。

就如到了春天，两排行道树都需要修枝。

曾经的小溪堵了，下水道疏不通夏日暴雨堆积的怨气。

围栏扎起来，工程车轰轰地响。围栏拆掉，润泽路就宽了，就如春天把行道树一修枝，整条路就亮了。

润泽路一宽，阳光就跑进来。阳光一跑进来，生活就沸腾。生活一沸腾，满巷子就长出春天般簇簇的鸟鸣了。

慢生活

从东头入，从西头出。

润泽路，短得只有一米阳光的距离。

逛润泽路，只有慢下来。

就如行走在巷子里的阳光，在润泽路上没有留下刻度。

行道树中有一棵银杏树，长得很高，长得很慢，叶一直青着，绿着，我一直都在盼望着秋天叶黄，就如我盼望迎娶我的新娘一样。我从巷子东头来准备钻戒，再去到巷子西头准备婚房，这一来一去，已然用掉了我的一生。

原载《散文诗》2023 年第 4 期

向海贴

霜扣儿

1

晨曦如梦之远，人生如纱之薄。

大海如洪荒之无际。

你想赞颂。但你应该缄默。

你要防备大海的眼睛，从礁石上的冷风里突然射过来——

人类这种自以为具备智能的生物，在大海面前，怎可妄自表述雪月风花与天高地厚？

仿佛从天而降。这润泽地球的，大宇赐予的蓝丝带。

你可以教化灵魂与之形相似，却不能擅自以为道相同。

在大海面前，一切感喟都震动着骨髓。

除了以膜拜之姿礼敬浩瀚，并以屏息之态，削薄天知地知你知我知的一点点了悟，其他任何赘述都是傲慢的。

古老的，无需姓氏标榜，又永恒的样貌啊。

你千世万世也无法企及的存在。

什么样的仿照，能使你胸怀如是，思想如是，生命如是？

艰难吸取，是唯一归途。

——假如，你想让自己活得因"明白"而更痛苦；因更痛苦，而无限接近
澎湃的幸福。

2

任何溯源都是不着边际的妄想。

在大海面前，天地恒常，岁月无名。终你我一生，也不足丈量，哪怕最渺
小的一朵涟漪的万分之一。

因而咽下惊呼是良策。

人之终极自省，便是及时阻挡蝼蚁之音脱口而出。

古今成王败寇，谁能随意调换寇载车马，扭转地势纵横？

大海铺天而过，丛生又泯灭了多少天意的玄机。

盘膝，请苍天指点，亦是徒劳。

一代一代南归的大雁，懂得沧海桑田，已殁多年。

此间苍天只管拿捏苍狗，不计俗人春秋。

不要倾诉。不要将薄而又薄的认知突兀暴露。

尽管你已追寻太久，一生都贯穿着流浪的冲动。

念念不忘，百转千回的履历，你形容为地动山摇的某次回头，都大不过疾飞而去的，一只小海鸟翅尖上微尘的轮廓。

那微尘从不曾被你看清。但你知道，它已跌宕千百年。
而你至死，未曾与之同行。

任何比拟都是有罪的。

记取这句，你的人身或许能脱离一块烟火的污垢，在大而无形的敬畏之词上，填补一点倒影的虚无。

3

静静看着。
静静地，被轮回的大而无形的翅膀笼罩。

静静地，在波涛汹涌的大海面前，把人类的喜怒哀乐缩回莽山中一株草。

多少鼓荡你文字风雷的词汇，你以为它具备了令你恭谨的心绪灌满感动或惊醒。
其实，那只是一再击打你胸中壁垒的梦呓。

你以为踩得死死的，盘踞在众生之中的一席之地，从不曾弥合日复一日年复一年，巨浪与长天之间的缝隙。

满心的疲惫与散落在经脉中的三两分惊喜，该如何搁置？

漫长的一生啊。你说。

漫长的一生被海风吹得多远啊。你说。

一座座礁石冷着脸，暮鼓一样坐着。

这是玄黄二字昭示人间的，真正的不动声色。

大海深处，到底有多少生物在为生长而奋斗？

硬壳的，软脊的，发光的，暗淡的，庞大的，细小的。

芸芸之意，刚露端倪。尚有许多不明户籍。

可叹之前，你一度以为自己熟稔万物。

4

除了海风，什么能被广荡形容。

从水天的另一边，从人间的另一边，从遥遥不可知的另一边。

整个红尘被吹来，又被吹去。

它路过即放下，不管几个世人正沉迷并匍匐于它的余音。

大音呼啸，制造轰然复寂寥的寓言。

你被蔚蓝色拥抱，但不能将蔚蓝色稀释。

存在与不存在该如何解析？在天地之间，一个海与一个你，谁被谁穿心

而过？

涌向前方的无尽波涛，深深地打开你的幻觉——

六合陷于沉沉静谧，仿佛一切更迷惘，仿佛，一切已治愈。

倒映于海水中的浮云，一层层无穷尽。

无从聚合，也无从打碎。包括被羽化与爆裂用尽的辞藻。

只是啊，那由远而近的，那支老迈的船桨何其幸运！

茫茫无垠的这趟远行，肩上的雨雪皆已尝过百岁千秋，化作雾岚而去。唯独它，还未离开亲爱的理想的疆域。

那斑驳又笃定的身姿，恰似一个酣然而睡的哲人。

5

无从定论，脚下的沙子到底是哪年哪月被哪捧海水遗弃的。

一粒粒依次晒干身世的深沉。

问询如此多余——洪流的使命就是为了扔下碎屑。

大浪的深喉之所以不停地唱响，不就是为了叫杂音覆灭，抵达清朗？！

选择有时与宿命相关。

有时，与宿命相关的路，令人无从选择。

生有时，死有地。

大的生死与小的生死，又是谁带着谁，拓展着时空的跨度？

答案是没有的。明了的人早饮过烈酒，醉了又醒，甘之若饴，活在长叹组成的潮汐中。

起伏之意从古至今都在阐述道家的恒变。

——黄昏正在爬上海面，天即将沉入海中，海即将被天扣紧。
你立在中间，一会儿像一朵下坠的浮云，一会儿，像一朵海的泡沫。

过去，现在与未来在哪？
你按住胸口想一想，含泪笑了。

你知道，大海已从现实演化成笔下的意象，并干脆利落地，卷走了你写了
千万次，依旧没有写完的，所有鄙薄的痛痒。

原载《阳光》2023 年第 3 期

辑 四

黄昏谣

刘楷强

日喀则断章

到日喀则去，我的血液里泊着远行的船。

我曾遇到的朋友，就是从那儿来的，那个阔别已久的陌生人，握着空酒瓶，装下高原上深蓝的春天。

爱人已经走了，信箱里空落落，我开始细数每一根发梢，望眼欲穿。

夜里，我梦到一列北上的火车，从南方的黎明出发，开向一个传说。

一些平民的灵魂，从萨迦寺而来，沐浴，开斋，把转经筒传给未亡的人。

他们在喇嘛的诵经声里，得到解脱。

我和秃鹫都在追逐这人间的盛宴，被露水沾湿的清晨，饥饿与无知一起抵达。

那是一段五彩的路，我看到人们在与亲友告别，与天空告别！

在南方

夜幕下，一场乡戏即将止息，人群散去，森林在水波的战栗中消失。

月色早已流遍整个村庄，屋檐沉寂，覆盖了重叠的花影。

心底隐居的故人，闻着落寞不期而来。

今夜的天空没有繁星，只有远去的行人和鸟群，落叶，就是这满地月光遗失的嘴唇，一遍遍地亲吻着他们的名字。

那些还残留的灯火，穿过瓦缝，点燃了我内心深处一片蛮荒之地。

在这里，有人曾目睹过河流诞生的过程，像成年以后，从梦境中抵达另一个梦境。

在长路的尽头，人们称其为神明的昭示，抑或是掌握了生命本源的某些物质。

它们都曾赋予我特殊的权利，让我为花和心爱的女子，起一个动人的名字。

这样的夜色，很容易让人放下沉重的行囊，也放下年少时一个只身远行的梦。

我听见空荡的信笺里住着一匹枯瘦的白马，昼夜长鸣，却耐不住千里梦乡空无一人。

山城记

只是一眼，便深陷在这夜色中了。

我幻想着把自己变成一条鱼，潜入浩荡的长江和嘉陵江，衔起一支竹笛，去将巴山寻找。

或可搭上渔人单薄的筏子，深入江腹，窥探汹涌的波涛。或可沉入江底，亲吻沉睡的礁石。

一盏渔火，把尘封的宗卷就此打开。

这里曾屹立着威严的城邦，在滔滔江声中，与漫长的黑夜对峙。

早已北上的人群与骡马，再一次把历史的轮廓放大。

远去的嘶鸣声，穿过了群山，与长空碰撞，溅出漫天的星斗。

我看到，棒棒们在夜色中收工，拖着沉重的躯体，消失在人群里。

一支竹杠挽着棕绳，摇晃着这座城市所有饱满的疼痛。

罗汉寺的钟声又响起了，隐约着，为这座城市画上一个柔美的符号。

黄昏谣

就这样，黄昏停在鸟群里，点燃几片坠落的羽毛。

晚归的人，哼着歌谣，影子被湮没在林间小道上。

谁会遇见她呢！一条清浅河流，顺着篱笆蜿蜒入梦，梦中的白马，追逐着落日，像一次漫长的修行。

我从没见过比这更愉快的事，黄昏在天边，哑默的铜色，映照着万物归于寂寥。

这是何其幸福的一天，谷粒饱满，野蔷薇开成你的样子。

我内心深处的孤岛，让我背靠着黄昏和虚无，写下命运一般的诗行。

在流星陨落之前，它们将与这落日一起，被烧成灿烂的红色。

可惜我不能追逐天地辽阔，我只能借着植物之名，来填补对这世上所有困惑的认知。

它们曾不止一次占据我，试图让我，在这旷野里纵身一跃。

树木志

那些还活着的树木，在山顶上淡然记录着一生的抉择。

我们如此的近，我听见它们的呼吸，正顺着叶片延伸，直到被鸟儿的翅膀消磨。

或许，树木如我一样，时刻在与诡秘的影子博弈。正如我梦见过的群山和溪流，彼此纠缠，却沉默无言。

我们的一生如此雷同，从出生到死亡，都为了完成抵达。

与这样一种生命对视，必须让灵魂时刻保持虔诚和静止。就像我们之间的语言，在风中枯竭，也会保持静止。

我知道它们在等待些什么，雷电绽放的瞬间，在暴风雨中汲取生命。

然后倾尽一切将身体抛开，向大地献上静谧的年轮。

原载《诗选刊》2023 年第 4 期

灵魂归来

毛国聪

红尘之上

一旦搞清活着是为了什么，那就成神成仙了。

而神仙都住在天堂里，在红尘之上。

母亲诞生了我们，在红尘之中。这是重要的第一环，我们从此开始在红尘中牙牙学语、蹒跚迈步。但更重要的是如何使自己成为自己的母亲。

自己诞生自己的过程，才是真正的人生。

人生是希望和死亡的赛跑。希望总飘荡在红尘之上，而死亡就是要将你拉回红尘。开始，希望在前飞奔，死亡在后追赶。最后，死亡赶上和超越了希望，赢得了最终的胜利。

无法超脱红尘，是人生最大的痛苦。

不停地行动、匆匆忙碌、无聊、消遣、娱乐……是人类短暂解除痛苦的良方，是忘记痛苦的最好办法。

劳碌奔波成就了人这种特殊动物。

人喜欢回忆，是对红尘本能的眷恋。

回忆是对过去的一种审视，使自己找回迷失的方向。

但大多数人的回忆，仿佛旧屋子的粉刷装饰过程，也就是把自己早已过去了的不足瑕疵加以掩饰隐藏，使其在一种自我虚幻的完美中沉迷。

我们的记忆只青睐那些绝不重复的人和事。一旦重复，即便是天灾，也仅仅在我们的记忆里做短暂的存在。

个性和独立是记忆的理由和价值。

红尘对人类有太多的缠缚，能超脱红尘之上的不死的魂灵，也就寥若晨星了。

世上最快乐的事是去寻找自己的上帝，最幸福的莫过于找到了自己的上帝。因为，上帝总在红尘之上自由游弋。

心灵如风

风是柔软的。

如果想抓住风，就不能紧握着手，否则，不仅感觉不到风，而且会让风从手背上掠过。

只有张开了双手，风才会涌进手掌，荡满心胸。

这就像世上的许多物事。刻意去紧握未必真能把握住，而用豁达和包容，才能真正拥有。

风是一种空，就像我们的心灵。因为空，所以风才能无处不在，才能自由抵达想要到达的去处。

风也是敏感的。一片嫩芽的颤动，一缕细微的波纹，都能让风感觉到轻柔的抚慰，发出情人般的低吟呻唤。而当它触碰到冷硬的岩石，它也会疼痛嘶叫。

我们的心亦如此。只有铁石心肠才不会受伤，只有心灵枯竭的人才不会流泪。多愁善感不是我们的错，心灵本来就是柔软的，像风一样，它行走的一段旅程都落满了或大或小、或强或弱的颤音。

最需要呵护的，是人的心灵。

敞开我们的心灵，让风把我们带走。

同流合污

在一群苍蝇堆里，你就不得不与苍蝇交流思想了，除非你保持沉默。

就像一个在大街上裸奔的人，受到伤害的也许不是他本人，而是看到的、知道的人。难怪有那么多人喜欢显露自己。

出污泥而不染，关键在于"出"字。根基在污浊泥淖中，必然与污泥有染，出了污泥，经水之灌洗，风雨之洗礼，污泥只留在根上，花和叶远离污泥，便成卓然独立的一种境界，污泥自然就染不上来。

我们生存的世界就像是一片荷塘，是有层次和等级的。污泥自然是在最低层，然后是水中，再是水面。这种层次，不以财富和地位分化，而在于精神的层面。

我们每个人都是从污泥里长出来的。俗话说，"好事不出门，坏事传千里"，说明某些人的心里存在着一个巨大的阴暗面、一个黑洞。它渴望别人掉下去。它黝黑的眼睛只看到丑陋，它的嘴里充满了污秽的气体，它的心里塞满了肮脏的东西。

每个人的心里都有一个或大或小的黑洞，都是沾有"污泥"的。只不过，有的人设法将黑洞渐渐填满了直至消失，出了污浊，变得空灵纯净；而有的人的黑洞却越来越大，最后变成了大沼泽，能吞噬人的血盆大口。

我们的一生应当是"出污泥"的过程，尽管这过程充满艰辛和阻障。

灵魂归来

看看我的周围——我的灵魂因为人类的苦难而受伤……

——拉吉舍夫

灵魂总是在宇宙间飘荡。它们有时栖居在星辰里，远远地、默默地注视着我们；有时隐藏在山涧蒿草丛中，与风嬉戏，同云霞缠绵。当它想有所作为时，它就会走进人群，把我们的身体作为它的憩息之地。但它知道，它不可能永远居住在我们的身体之中。当它看到我们的肉体陷入浮躁、无聊、争斗之中时，它就悄悄离开了。因此，有的灵魂根本不去那里安居，有的灵魂很早就离开了。而我们却以为只有当我们的肉体腐朽之后，灵魂才会离开。

灵魂一旦与我们的肉体相融相依，就会诞生智慧思想，并将牵引我们到它想去的地方。

没有自己灵魂的人，是可悲且可怜的。就像一条无脊椎的爬虫，永远无法站立起来，更不用说飞翔了。溃烂的灵魂，尤其可怕，它腐蚀着我们生存的环境，也使我们的肉体陷入声色犬马的迷离之中。

我从来不把自己的肉体当作一回事，那个臭皮囊仅仅是我灵魂的寄居处。我怕一关注我的肉体，让我脑满肠肥时，灵魂就会弃我而去。我知道，灵魂对它的居所从来不计较什么。因此，我不会给它精美的食物，也不会给它华丽的衣饰，更不会为它涂脂抹粉。只要灵魂能够安居，我就心满意足。

我知道，只有与我的灵魂在一起，我的肉体才能真正拥有生命，焕发出光彩。只有灵魂栖居在我心中，我的心野才不会荒芜，我才能飞向浩渺的太空自由驰骋，我的眼睛才不至于只是在我跌倒时用来寻找光明的器官。它将是一条生生不息的河流，充满我的爱和热忱。

然而，灵魂在我的肉体里并不安宁。也许在某个深夜，它会去我故去的先人墓前，同那些松柏比试高低。在我无聊、酗酒、赌博、斤斤计较时，它会潜入水中做那尾睁着眼睛睡觉的鱼。而当我想迈入名利场中时，它就决绝地对我说："我们的全部尊严就在于思想。"好像我一迈步，我的生命就会轻得像空气和风。

然而，灵魂似乎随时都想抛弃我，回到它的星座中去，回到它不染俗尘的遥远山冈。以至于我每一次做了有悖于灵魂的事后，都要向上帝祈祷、忏悔，恳求他让我的灵魂归来……

原载《星河》2023 年秋季卷总第 52 辑

古纤道

林汉筠

一

那条与我博弈千年的紫藤，早爬满了我的肌体。即便被风雨打落的残枝败叶，也肆无忌惮填塞我手指粗的皱纹。

哮喘，窒息，湮塞。好在一束光射了进来，让我在树叶的缝隙间，有机会看一看远处苍劲的雄峰，看一看脚下远行的航船，看一下河沟草棚美丽蜕变的小区。

我已患了白内障。视线模糊，但我的心如那盏高高挂起的灯笼，明亮得很。千百年来，当地人出行就顺着我这条栈道，通向山外，通向四面八方。

作为一条通向山外的纤道，我对这条江的感情无法用语言表达。长风当歌，浩浩荡荡，我是这条江的精气神，是这座山的灵魂。我的一举一动，代表着他们的表情；我的每一个表情，承载着山寨的向往。

那些老伙伴，比如熊猫（我头顶上的熊洞，就是因找它而挖掘出来的）；比如红豆杉，比如金丝楠木，它们吹过我吹过的风，走过我走过的路。突然之间，变得乖巧起来，变得沉默起来，变得躲避与逃离起来。我一直怀疑，它们的肌体里，是不是少了些许豪气；它们的骨骼中，是不是少了些许钙质。有着比我更多的生命密码，它们应该有更多的互动、更多的交流。可是，当我一觉醒来，就不见了它们的踪迹。

二

　　我无法记清楚诞生在哪一年了。聪明的人类是在哪一年，用石头、铁头、木杵在坚硬的岩石上动起了手术，一丝一毫地锉动着。一千年？两千年？四千年？谁也数不清楚，这条纤道已吐过多少个晨露水，挨过多少个暮雾，看过多少代人的挥汗如雨和苦苦呻吟。

　　这条纤道，是大河的儿女用脚板踏出来的血路。是一代代纤夫，在历史的风刀中，精心雕刻的生命之道。他们的血泪和汗水，穿越了千年长河；他们的身影已与山与纤道融合成永恒。啸傲，苍茫，凝固，峭壁省略了，巉岩省略了，始终保存的是超越时空的意象。

　　我的每一道痕迹，都是纤夫号子的回声。从悬崖上，从峭壁中，从山谷里，号子一亮，一条乌江的故事，就"嗨哟嗨哟"唱诵起来。

　　载有万斛之重的航船，逆风而上，当行至我的跟前，便有了搁浅、抛锚、诅咒、叹息。于是，有了一根根紧绷的纤绳，一个个光着身子踏上这条纤道的汉子，就有了字字血泪的喊船号子。

　　"一声号子（嘿）我一身汗，一声号子（嘿）我一声胆。"那裸膀露背奋力拉纤者，将凄凉而悲壮的拉纤号子，亮过山梁。铿锵，高亢，激昂，气吞山河的拉纤号子，压得住咆哮如雷的江水，喊得起变幻无尽的风景，唱得出居无定所的胸襟。穿越无垠的深谷，把岁月喊碎，把空寂喊碎，把群山喊碎，把我的心也喊碎了。

　　暴风，骤雨，烈日，月黑，白雪，冰霜，深深浅浅的脚印，像写在我身上的诗行，被岁月装订起来，被大河收藏起来，成为献给这条古道的勋章。

　　或许，纤夫没有留意过我的纹路，他们手扒乱石，纤绳勒骨，哪里有心思去考虑这些？

　　坚实，坚韧，坚硬，是我对纤夫暴露的筋脉、夹进脊梁的纤绳、布满血痕的大脚的形容。而那不惧凄怆、拉弓般的身形，写成了我千年峥嵘。

还有比这更骄傲的吗?

三

有道是，仙界一天，世间百年。我一觉醒来，这条大河早已换了人间。"百尺游龙拖匹练"的场景没了，"客过要起岸，货过要人搬。若要强行过，过滩船必翻"的盘滩没了，"端起灵牌吃饭"的光膀子纤夫没了，喊得我好苦的拉纤号子没了。各大险滩早就打通，机动船代替了木划船，开凿在两岸峭壁上的千年纤道，完成了自己的历史，消失在一泓春水之中。

终于可以解脱布满血泡的脚印了，可以尽情地欣赏"秋水共长天一色"的江景了。

刻画在岩石上的纤痕，已渐渐淡去;纤道上的脚印，已凝固成了历史。但他们的儿孙们，挟带着发自内心伟力的拉纤号子，在另一条河流里奋力拉纤着。腔调没变，歌词更新，沙哑的号子，又一次唱响九天。

我的心跳得厉害，我的梦还在继续——绚丽的朝阳，徐徐升起;飘香的山歌，悠悠而来。

原载《宝安日报》2023 年 8 月 28 日

绣

李冬侠

不知是针拽着线

还是线缠着针

细长的身体跟随着针尖牢牢地捆缚在

自己的新家中

金丝的高贵，银丝的端庄，五彩丝的俏丽

丝线不后悔，任凭针尖摆布

平着、斜着、跳着，变着花样地走

丝线不甘落后，紧跟步伐

日子被生活挤得满满当当，忙忙碌碌却有条不紊

针，从不畏惧道阻且长

溯洄从之，溯游从之

丝，一头顾着远离的娘家

一头牵着幸福的未来

小两口，你侬我侬，有滋有味

日子一天更比一天充盈

针情流淌，千丝万缕铺续锦绣前程

是丝的韬光养晦，还是针的坚定不移，纵然隔着山高水长的距离，终究

成就了两情相悦，不离不弃

像雨后的彩虹，像新生的嫩叶，或是一朵悠闲的白云

如诗如画，细腻逼真，繁盛壮美

针和线不善言语，自顾柔情缱绻

在绣的手中传递着永恒

从此

绣，备受喜爱，传承

被冠以宫廷绣，官绣，京绣，手绣

她穿针引线，源远流长

2022 年 12 月参加"文彩刺绣"杯全国诗歌大赛入围并获三等奖，原载"溧阳文艺"

公众号

指尖上的秘境

黄清水

五　月

小满已过，谷物小得盈满。五月将去，六月弥新。

万物在宾主易位，苋菜已可食用，一勺香油，蒜头切碎，在雨季频繁的日子里，鲜嫩隐藏在唇齿之间。早一月初，黄瓜浸染着时光的洗礼，在鸟鸣悠悠之间，我们似乎得到了什么厚实的礼物。

沿着时间的铁轨，电闪、雷鸣，撤退和远去，天空翻云覆雨，我们在思考着一些什么？田垄上，白色的野雏菊，是唯一的答案。或，藏着某些小到极致的美。

斜坡上，雨过天晴，黄牛甩着尾巴，点点水滴难以尽述日子的无常。一群红蚁，重新构建巢穴。山涧有黄鹂在吟唱，被摧残的花草，静静疗伤。毫无疑问，一粒种子由生到死，也是一种艺术。无形的手捏造了有形的万物，我们自娱自乐。

一条道路，就像一页未读的书。在五月，内心里的台阶，已经攀爬完毕，恐惧是黑夜的专属，我只是借到一束光线，在仰望的同时，解析心的浑浊。

我们还要面对一些东西，我拿起画笔临摹山川河流，临摹健在的和失去的——亲人，给他们一些新的月份。

夏　夜

单调的日子里，一朵花，是最后的妄想。

我不会摘下任何一朵花。就像我不会去寻找明天的日出。徜徉在人海里，我是一粒沙子，晨曦起，我开始盘算着禾苗的盈余。

母亲早出晚归，真像她的属相，日行千里。我有时想替代她奔驰，往北方，给自己的血泪觅一块田地，或让自己的灵魂有所归属。

夏日，燥热的阳光，间或榨出我多余的激情。我只是蛰伏在三寸之地，期待黄昏以后的距离，桂树上的月，一定有着伊人的心事。

院子里的茉莉花，鳞次栉比开放，一些不该说的话，此刻都用一种芬芳表达。在光年以外的星空里，除了深蓝的色调，似乎沉寂比弥散的星辰更为久远。我已经看不到任何一具灵魂潜伏在黑夜的上空，也不能贴近夜的柔软。

偶尔见着一只蝙蝠，它是那样怕生，掠过眼帘，旋即遁入空门。夏夜的蚊虫，窸窸窣窣着，耳畔的风，仿佛吹不动细小之物，心事无处倾诉，唯独坐下，摇扇，喝一杯茶，是对人生最后的慰问。

人到中年，失去远比得到的东西多。酒桌之上，谈笑风生，聚少离多的日子，酒像一剂慢性药物，在骨髓深处瘙痒着……

至于，为什么困惑，我不甚明了。

一只白猫轻盈跳过墙角，打落一朵白色的茉莉花。它扬长而去，茉莉花在我的脚边，像颤抖的灵魂，亟待我拾起。

蟋蟀声

宋人多愁，衰柳下，亦要笼汝斗斜阳。

梅峰寺的梅还未开，叶也稀疏。我们的梦还有几重？

唯一声晚钟，给隔壁医院的患者带来好的讯息。人间多苦难，每多疾病离苦，便如苦蝉。殊不知文人也多舛，为解人情厚薄，颇费笔力遒劲。历史的真相，由后来人撰写，易偏离本质。

伏案良久，胃酸过多，如烧灼的感觉，像极了某些人的生活。有时想到了死和生，这是事物的两端，终点和起点。也像跳绳的两头，松了一头，另一头就不能摇摆。

夜半，常听蟋蟀和蝈蝈的声音，大多数时候，青蛙是伴唱。生而为人，绝大多数都沦为附庸，或星斗。自然的奥秘，不容打破。

而今初夏，窗户朝南而开。入夜，山风和虫鸣，满月和山梁。

我没有且听下回的故事。久远的岁月，经不起风沙的摩擦。西湖畔的那几声蟋蟀，至今还在柳影下欢唱。我已经很久没有远行，没有找到有趣的灵魂。

今夜的风，有些微凉，眺望的城市，还有好多寂寞的人，孤独地彻夜未眠。霓虹是城市和乡村的界限，虫鸣亦是。唯独一条河流区分了我们的身份，我们满身泥巴，嗅到了春夏秋冬。我们是大山的孩子，是河流的子孙。我们由液体而来，也终将变成液体而逝。

这一生诸多烦心的事，唯独听到故乡的蟋蟀声，心上的尘埃才拂去一些。在窗前，在山岗，孤独的孩子中又多了我一个。

一个人从一座城去往另一座城。一个人，把风霜抹去，给你好看的春华秋实。一个人，唯愿夏风缠绵，撩起的蟋蟀声，是我的知音。我还将继续远行，留下我的孩子们。

在夏夜，眺窗。世间的东西，经历过，才知平淡不易。

山一程水一程

旧事，像锁。

白色的日头咬着我的双臂，咬着人间的衰败与腐朽。车，在路上颠簸，我的骨骼发出一种久违的渴盼。肚子饿了，食物在撩拨人间的恶鬼。我把车停在路边阴凉下，树上有鸟，听着你咯咯的笑。

我们不能复刻原始森林，爱与欲，糅合着心里的那处荒诞。这口井已掘了很深，是时候，保持它的纯净。

破晓前，我不会回来。路上的风景太美，我迷路了。森林是我所向往的地方，我终是要变成野人，一个人，或与你厮守。我们执弓箭，挽射一轮满月。

篝火旁，我喜欢面对这个世界的暖，背后，随一些寒冷蚕食我的狂妄。

山色渐深，水云一色。你落入我的网兜，这世间，还有什么遗憾？

在珠江源，核桃树下，没有牙齿的阿妈正在老去，多年后，她还会更加吸纳岁月精华果腹，她还会想起自己年轻的模样。一辈子这样也好，没有偏离爱情的轨道，春暖夏凉。

有些事物，还是需要慢慢打磨，参透。

车辙代表着我们远行，偌大的人间，有温度的还是你的身体。我多希望，再一次感受你体内的春风，能接纳我欲望的疯长。

而这锁，终是没有钥匙可以打开。多年前，我们已在斜仄的时空里走失，不复再见。

野　趣

黑夜，在有人类的土地上存在了十万年。而我的描述只有一夜，不能详细说透它的由来或去处。

南盘江岸通往森林的公路，荒无人烟。野菌子在挑逗文明社会的味蕾，两个小姑娘兜着篮子蹲伏在路边，昨日雨后，人间多了一丝希望和憧憬。在村子里，有的孩子围着一堆牛粪放炮，溅起的粪便，像一朵纯净的花。小时馋嘴，喜欢吸吮朱槿花蜜，一朵花只有一滴蜜，这种喘息的甜，春风的馈赠像一个逗号，多年后我的脚本还未完成。

待价而沽的羊，咩咩咩叫了几遍，赶集的人嘬着烟，烟雾熏出了泪，像极了乌云的样子。几个大妈的背篼，盖上一块深蓝布，少数民族聚居的村落，古朴是一种美德。几千年延续下来的火种，现在还能从一些人的眼里看到。

在师宗县，进森林去，让雾盖住我身后的世界。找个守林员讨杯苞谷酒喝，听他寂寞的生活，或吃他炒的青头菌和竹笋。夜里，就在他的管护所歇息一夜，漫漫长夜，我们已经远离森林一万年了。

万物复始。

我们遇见了雨，这一切零零碎碎的烦绪，便四处散开。生活一直都是这样，重复，重复，重复。像是黑夜重复了十万次，但于我只有一次最真。现在，我正枕着它入眠，在野蛮和文明之间熟睡。

三岔路口

梧桐街上，时光补上空缺，叶子新绿。小巷里的书店已有年头，老板是个戴眼镜的中年人，语气之间，似乎有春夏的气息，每个字与每个字之间的间隔，让人寻味。

端午将至。艾草的香气日盛，蒲草在水池畔，不食人间烟火。旧时堂前，雏燕稚气未脱，喜欢它们追赶时间的模样，每年夏至，羽翼丰满，在折叠的时光中翔游。爱，是给它远去的自由。终归要向往远方的静谧，蔚蓝的天。

荒废的沟渠，一条鲇鱼，足够称出乡村的重量。我们的脚步，并不能满载彼岸的信念。行走多年，遇见许多岔路口，在放大的理想面前，生路尤为重要。向左，向右，或向前。在喧哗的路上，我爱我心中的那片森林，爱那里的女人。我没有飞扬的激情了，仅有手中的花。

多年以后，后悔和怅然，已无所用。选择，是把对和错摆在天平之上。儿时有许多想法，想娶一个对我好的姐姐为妻，想给一座寺庙里的佛镶金，想让门前的石狮子变活……现在喝茶的时间，我只想好好静一静，日子的咸涩，有时在一个粽子之中。曾经的那些流光溢彩，呈现的只会是痛，时间的脚印，就是一个幻影中的星子。

隔壁邻居家的灰色鸽子，每每像哲人立于电线杆上。生命的旅程多么奇妙，它眺望四方，最终义薄云天放弃那些无用的思路。既定的目光，绝不囿于某种局外的格子。我喜欢在传统与新潮之中翻腾，像是牛奶和茶的交融。

或者，我们可以暂停追逐，学学鸽子。

原载《散文诗》2023 年第 4 期

放牧少年

冯敏生

云朵在天上，牛羊在山上，放牧少年悠扬的竖笛声，也在山上飘荡。

山的那边是山，山连着山，放牧少年的牛羊，似乎永远走不出这山连山。

"高高山上一棵松，松下有一小牧童，牧童的鞭声清脆呀，每天行走在绿水青山中。"

生活在小秦岭山脉中的山里娃，大都会唱这首歌谣，他们大都有着放牧的人生经历。当大人们忙着在田地里劳作的时候，放牧的担子自然就落在这些山里少年的肩上。无论是每天放学后，还是寒暑假，这些十二三岁的少年，风雨无阻。他们在这放牧时光里，练就了勇敢刚强的性格。

暑假时间长，放牧的时间也长。于是，在家乡的连绵起伏的山岭上，到处都有放牧少年的吆喝声、响鞭声、唱歌声，其中还糅合着叮当叮当的牛铃声，以及那散落在山坡上的牛儿哞哞、羊儿咩咩呼朋引伴的欢叫声。当你身临其境的时候，眼前的一幅人与大自然和谐共生的壮美画卷，定会令你肃然起敬。

攀登至放牧地点的过程，总是让那些放牧少年感到紧张而揪心。东方刚露出鱼肚白，少年们就在大人们的安排下，扬着牧鞭，与村里的伙伴们和老年放牧人，赶着自家的牛儿羊儿，沿着山路，向着山顶攀登上去。

山路陡峭狭窄，崎岖坎坷，放牧少年常担心牛羊互相拥挤，出现掉下山谷的意外。牧人们往往花费近一个时辰，待晨光爬上半山腰，才抵达山顶的草甸。

这时候，放牧少年紧绷的心弦才松懈下来。驻足草甸，放眼望去，云雾缭绕，绿草如茵，头顶上悠闲的云朵，伸手可及。此刻，牛羊们这儿一群，那儿一凑，吮吸着芳草的芬芳，发出"刷刷"的声响。

这时，放牧少年们，除了警惕自家的牛羊偷偷闯入草甸旁的庄稼地，感到格外自由和洒脱，那无垠的草甸子，成了他们快乐的天堂。

少年们围坐在老年放牧人身旁，聆听山林里稀奇古怪的故事，或者在软绵绵的草地上比赛摔跤，比赛爬树；或者采摘野葡萄、山核桃和五味子等山果尝个鲜，也有时会发现野兔、山鸡等小动物。

牧归是少年放牧人的期待和惬意。当殷红的夕阳渐渐坠下山冈，当山谷里村庄上空升起缕缕炊烟，那是母亲对放牧少年的召唤。放牧少年看见夕阳和炊烟，就会将自家的牛羊归拢到一起，扬起响鞭，唱着山歌，伴随着牛铃叮当叮当的声响，下了山。

此刻，夜幕降临，鸟雀归巢。村道边上，奔流的小河水在夜色下哗哗作响，几只萤火虫在杨树林上下飞舞，时而几声蛙鸣传入耳畔，牛儿羊儿渐渐归栏。母亲早已为放牧少年准备好了一桌香气飘逸的饭菜，那诱人的浓香，扑入了牧归少年的心怀。

伴随着牛栏里传来牛儿有节奏的咀嚼声，放牧少年睡着了，村庄睡着了，夜也睡着了。少年一天放牧的日子结束了，但明天的放牧时光，他们仍需要继续。

人至中年的我，登临至家乡的"云中草甸"冠云山，那一群群牛儿在悠闲地吃草，一群群羊儿在远处绿色小山包上蠕动，宛如一朵朵盛开的大白花或者云朵，在绿色中蠕动。此时此刻，我不禁怀念曾经的放牧时光。岁月匆匆，我多么渴望再做一次放牧少年，每天迎着日出日落，陪伴着牛羊，饱览大自然秀美风光，那是何等的快乐和美好呀！

这时，我蓦然回首，远处的山梁上，飘来放牧少年那动听的歌谣来："高高山上一棵松，松下有一小牧童，牧童的鞭声清脆呀，每天行走在绿水青山中。"直至山梁上，渐行渐远。

原载《陕西工人报》2023 年 8 月 9 日

忘　却 [外一章]

吴远道

　　夜，水一般凉。秋，立于我的床前。我知道，秋已至，春天不再是我的专利。倘若心不知秋，那也只能是回味与追忆。时光总不倒流，落叶的风景，仿佛在倾诉昨日的芳华。

　　惨淡，似乎残酷了些。秋的惨淡并非萧瑟。希望收获的季节，比烂漫时的鲜艳似乎厚实许多。如果颗粒无收，秋色可哀！

　　我和大家喜欢犯同样的不是，小儿科似的错误。处江南，知道春风和煦，其实没有秋风的凉爽。也许秋风是从酷暑历练过来的。江南的春多雨而潮湿，到了初秋却风凉得发自身心的爽。明媚的春太张扬了些，也太理想化了，假若我形容说春花瓶似的，那秋则是可观可尝的硕果。

　　是的，在憧憬的季节充满信心，但耕耘之苦不堪回首。憧憬又总与焦虑相伴，梦多彩而缥缈。正如爱，火热且痴情。然而，有情人难成眷属，个中滋味欲说还休。

　　春之美好，置身其中的人，也未必都能感知、感恩，而身体力行。但是，春才无所谓咧，一转眼就无影无踪。过了年，她依旧春光烂漫，欣赏抑或遗忘者，已难以找回昨日青春。这个道理，众所周知。在春天里，却无端地忘却了。

　　在我认知的秋天，我觉得她对人还是无情的，虽说爱憎分明，给予不同作为的人不同的回报。我们站在秋的原野，或功成名就或一事无成，却道无可奈何花落去，却道我意秋日胜春潮。无论哪种秋绪，我们不应该忘却春之惜春、耕耘播种。

对生命而言，能够入秋是非常幸运的事。我们忘却秋的荒芜，欣慰生命的存在。春之为秋，也是经历苦中苦，才一路走来。走进秋天，我们不应该忘却秋的责任与担当，用觉悟和奉献余生，以弥补春夏的虚度。至于曾经的是是非非，痛苦和憾恨，不如忘却。

在如此凉爽的秋夜，我似在安然入睡，似在梦呓。但，这些文字又是真实地流于笔端。

寻赏梅园

一般而言，大凡有城的地方就有湖，就有园。园中多半有梅，否则在早春便没了生趣。

在我所客居的黄州，因为故乡在英山，无论在黄州居住了多久，仍然改变不了我对故乡的命名，姑且说客居的好。

在黄州，冬季不去观赏东坡赤壁的雪，早春二月不去遗爱湖梅园赏梅，都是很遗憾的事，那是比我之所说的客居更要甚之的，所谓过客罢了。

至于遗爱湖梅园，打从能够赏梅伊始，我是不敢缺席的；当然，疫情三年还是怕见她的红颜，自然没有去成。今年梅园办了赏梅盛会，网上已经闹得极火的了。由于多种缘故，头几天我没有去赶热闹。我这人生就不爱凑热闹，也就决定了错过一些良机，不过，即使在机会面前，我也不会抓住它。因此，我喜欢在戏台拉上序幕，在梅花将谢的时候，去看谢幕时的情景，作别一场繁华，于人生中多些警醒。许多热闹之后的风景，唯有甘于迟钝如我者方可遇上一二。所以，也算是一种补偿而已。

雨水来临，这一天恰逢周日，时令之雨倒是没有，阳光灿烂得让湖水波光潋滟。湖边的风带着寒意，将光秃的柳丝和茂密的修竹撩得春心萌动，就像我的贼心不死，难以每天做到视善。我还是不敢露出双手，去拥抱她带冷的热情。游人来来往往，或疾走或漫步，欢喜之情自不待言。大疫之后，幸会一场花之盛宴，并且遇上这样的晴好春日，在湖光花丛中放飞心情，应该是少有做作的心花怒放。

我原本想从东坡问稼景区门口花上十元钱乘公园观光车直达梅园。但转而一想，还是步行的好。沿途除了看风景，还可以舒展身体，观赏春景。走了一段环行车道，觉得自己的决策英明。遗爱湖公园里的梅花沿途可见，在东坡桥前不远的地方，有两片正开得茂盛的红梅。我想寻一处照张相，嫣红绽放处却被留影者占有，只好打消这种念头。那就去梅园吧。

漫步到梅园，已是上午10点25分。游人如织，只能鹅行鸭步。芸香阁传来的庙会节目表演之声，高亢、嘈杂。我一时觉得与湖水之景、梅花之洁，大相径庭，对自己今日赏梅决策又大打折扣了。既然来了，我决不半途而废，便沿着为举办庙会新搭建起来的回廊前行。

沿湖面九曲桥而上，又而下，我坐在桥边的石条上看周边的景色。这是梅园的入口之一，孩子们欢乐地放着气泡泡，抖音爱好者在忙着直播，摄影人不亦说乎地在抓拍，我也打开手机录像。湖风比环行车道上要大许多。阳光将水天照耀得更加明朗、蔚蓝。但经受不了寒风，我选择了起身，走进人群熙攘的梅园。

梅园的梅花千姿百态，红白绿等相映成趣。徜徉花海，看游人三三两两拍照、歌舞、录像、直播，完全忘了自我。俯视树下的梅瓣践踏殆尽，陡生凄凉，油然想起黛玉的葬花、妙玉的惜梅之举，便失去了赏梅的兴致，尾随赏梅大军踽踽而行。出了梅丛，来到美食百家路段。景如闹市，美食垂涎。人多得连走路都难。与其说市民在赏梅，不如说是在赶庙会。在枯荷断桥边，有个亭亭玉立的女孩和她的妈妈在认真地观察着残荷。我好奇地问她们，没见过枯荷么？女孩告诉我，她是从武汉赶来的，没想到遗爱湖的荷花也到处都是。遗爱湖赏梅就像武大赏樱花一样热闹。

我没追问下去，而是在想，黄州借助一场花事，举办东坡庙会，赏梅景尝美食，的确推动了久疫后经济复苏，诚然是地方政要明智之举。刚刚在梅园见到空中赏梅，应该是今年新增的项目。听说想乘坐大气球升空赏梅的票预售到后天了。遗爱湖赏梅似乎有了新的内涵。凌霜傲雪，为早春人们送来芬芳的梅花，不仅仅给予了人们精神上的享受，而且奉献了一场美食大餐。

梅花有雪花愈香，人懂梅花色更妍！

11 点 37 分，返回早晨经过的垂柳与修竹随风起舞的地方，我给它们拍照留念。走了几里路，身子热乎乎的，气温也回升不少，风凉爽舒适极了，但肚饿肠辘辘。我得赶回家。外面的风景再怎么美丽，只能赏玩而已。家如自然的四季，五味杂陈，但那份真情宛若春晖，那种安全无以替代。民族的风骨，国家的灵魂，无一例外。

原载《鄂东晚报》副刊 2023 年 2 月 27 日、9 月 20 日

芍药花开 ［外二首］

刘　慧

在谁悉心的照顾下，你出落得亭亭玉立；在谁怜爱的目光里，你蜕变得楚楚动人。

这些，暂且不去考究。

蜂飞蝶舞，芍药花开。

你一朵一朵地微笑。慎重。多情。不经意触碰我的眼眸，便心甘情愿地被你俘获。

我做不了你的书生，但我用书生的痴情为你伫立。

花开的时候来看我，这是你生生世世发出的邀请，风到处散发着你盛开的词意。

慕名而来的人，皆是为了目睹你姣美的容颜，他们争相表述着欣喜。

我沉默而立，你不怪我，用心品尝你馨香背后的苦涩，用无声的语言安抚你。

有多少美丽的日子，就有多少被雕琢的疼痛。把握当下，随风而舞。

人群中有人牵起你的手，与你的梦想一起私奔。穿越三生三世。有人可爱，有人可念，有人注定是藏在你心底的忧伤。

情有所钟，难舍难分，爱我所爱。

你的所爱我依然不去考究，生命本就受着各种各样的束缚，我们都向往心灵的奔跑。

珍惜这一世的重逢，我站成你的镜子，先衰的容颜尴尬地向你报以微笑，你火热的青春被我锁定于电脑屏幕。艳丽无边无际地平铺，从此，你尽可以在你的世界里开成传奇。

不言告别。不言期待。不言老去。

关于爱情，也便有了永恒的主题。

我追不上一只蝴蝶的脚步

五月，立夏之后。

季节吝啬着温暖，向大地投放了一枚冷色的请柬。

白棉袄又回到自己的岗位，保留冬天遗落的一点寒意。

乡间的小路，被裹上了坚硬的外衣，或许可以抵挡更多意外的温度。

老姜不在身边，我便寻不到温暖的臂膀。

一缕阳光想回到天空，我赶紧拽下几束，揣在怀中，向暖而行。

麦田里的目光齐刷刷地向我行注目礼，我接受万物的检阅。

青草妒忌，拼命疯长。用旺盛吸引路人的目光，野花正香，它们是被高贵遗忘的天使。

默然，坚强。

尘世万丈光芒，谁会注意到这不起眼的紫紫红红。

我摆脱臃肿的躯壳，翩翩起舞。我的白棉袄，羽毛一样轻。先于我抵达的是一只白蝴蝶，舞在冷风里。

我们用相同的频率，徘徊在相遇的跟前。

花朵频频地点头示意。来吧，来吧。

我搜集体内所有的热情，努力扇动翅膀。

冷，在我的体内被烘热，一点点消散。

白蝴蝶出汗了吗？我向花朵发出疑问，花朵用密语给我讲述一个故事。

关于爱情，遗落在久远的人间。它终将回到久远的传说中去。梁祝人已去，化蝶感天地。

蝴蝶流出的是眼泪，讲述昨天的故事。

年复一年的相约，今夕何夕，天长地久是多久。

《梁祝》的音符被风深情地弹奏。在曲中，我追不上一只蝴蝶的脚步。

六月，梦想携带美好起飞

风检阅了天空。朗朗万里。

阳光灿烂，为六月捧出独特的热情。

时间恪守自己的职责，像一名高考的学子向前奔走。带来现实，让世界面对。

这两个夜晚，失眠不是为了自己。那场检阅，家长比孩子们更焦虑。

六月，收获了十二年寒窗苦读的风霜。

六月，又悄然种下了希望。千万学子，一起奔向龙门。

六月，梦想携带美好起飞。

告别昨日——先生再见，先生保重。深深地向先生鞠上一躬。向先生请了一生的长假。后会有期。

一抱拳，一鞠躬，冰释了多少往日情怀。最深沉的爱，不喜欢张扬它的表现方式。

平时那个严厉的先生，眼泪却不听话，滚滚落下。送别的歌声，更加剧心儿的颤抖。

"同意假期"。去日已去，来日方长。

先生用不舍目送，车已到站，我原路返回，愿鸟儿展翅高飞。

挑战今日——允许你们站在舞台中间，尽情展现不一样的精彩，迎来精彩的明天。

温度里的激情又涨了几分。

被刷屏的高考，被霸屏的殷殷所期。

车辆屏住呼吸。

城市屏住呼吸。

街道屏住呼吸。如果可以，把整个世界都调成静音模式。

送考车队、志愿者、等待的家长、匆忙穿行的交警叔叔……

旗袍，让六月的风景更美丽。旗袍，旗开得胜。

落笔生花，圆梦笔下。

认真，仔细，不马虎。

谨慎，多思，不畏惧。

鲜衣怒马，少年追风，且歌且行且从容。

六月的温度，六月的营养，带着六月的梦想，将一粒种子流淌在笔端。

给梦安一副翅膀，在六月里飞翔。

原载《中国诗歌》2023 年第 8 期

散文诗四章

陈 颉

木 香

味道好像有些旧了，一直还在嘴边晃动，缺医少药的年代，木香半拍的节奏，呼出我的青春。

柔润的花，暗香弥漫，奶奶驼背的影子在山间晃动，随夏至和秋分，延续到根茎。

感动一棵草，蹒跚的步履间，一枚蓝色的鸟蛋，不在意季节潜伏的目光。

凝香的高山精灵，没有喧哗，轻轻推开尘世的疼痛。

白芨果

绿色的连衣裙，一个女孩，头戴一朵紫色的蝴蝶结，轻盈地飘落在，天平山的某个山坳。

花落瞬间，圆润的心思在泥土间绽放，地下一颗独果，这寂寞的白，是一片树林的体温。

蹲下身子，唯一真实的是我，还能回忆小时候，用柴火把它烧熟，可以粘好脱落的书页。

白色的，黏稠的，有些香味的，椭圆根茎，在山村小学，长成幸福的故事。

白 术

我仔细辨认，一株蹒跚前行的白术，新鲜的，紫红色花蕊，退回到生涩的角落，依然保持淡定。

学会化妆，应该从叶片开始，茎干带刺的边缘，有足够的时间，向阳光表达气味、表情和形状。

清晨，雾气腾腾的天平山，隐身草丛的白术，一颗带刺的果实，幽灵般出现在眼前，青春的模样，一滴露珠在细细打量。

深埋在我心中的那株白术，一颗向善的心，总是在岳父的手掌中，开花结果，经验或技巧，仁慈深处，始终没有挣脱一棵草的牢笼。

金毛狗

犀利颜色，从9字形的茎叶顶端，慢慢显露破绽，基部垫状的金黄色茸毛，缩成一团，在夏天提前保温，不是所有的生长都要结果，守望是一块坚硬的石头。

蚌壳般的花朵对称合拢，背面细小的豆子，短暂的秘而不宣的酝酿，抛开高处的冷，安静的手语，接纳我的奔跑，匆忙改变了颜色。

一片叶子在呼喊，不是我的幻觉，更没有停留，林间潮湿的回音，山谷有些承受不住。

原载《散文诗月刊》2022 年第 10 期

生活的意象

庄海君

生活倒影

早晨，我挤进一辆大巴。

五月、六点、七色花、八个轮胎，清晰地数着路上的人与事物，每一个节点都会有虚惊一场。

推开窗，捡起风声，看不见天上的半盏残影，含着一座山与我的一生。

遇见过一万个人与一场暴雨，却转不动一条被淋湿的路，像一个被拉开的借口，由远而近。

把可能发生的与不可能发生的日子，当成一粒尘埃，落在身上，或掉进眼里。

这就是生活，需要从容面对。

一次无意的走失，叠高了无奈的表情，缓缓走出的欲望与不设防的诱惑，困成了一个新的话题。

那些正在倒退的，不一定是岁月。我一口一口吃下淡淡的阳光，吐出的气息，像一片海，有着蓝色的倒影。

翻夜人

这一夜，我试着翻开夜的时光，有路灯、归夜人及风声。鸟鸣之间，一道白色的光穿过。

我的手中有一支笔，可以记录这尘世间的夜与每一种奇迹的来临。

那一夜，我翻开一句又一句的语言，祖母的童谣、祖父的咳声、父亲无息的脚步、妹妹的牙语……

生活中，汗水落成了月亮，我看见了更多正在前行的身影，警魂、白衣使者、建筑人、师者……

每一次的相遇，都可以请出隐藏在黑夜里的时光，让夜色重新醒来。

我曾经也是一个归夜人，不停地翻夜，仰望着这个尘世的气息，想象着每个人的归宿。

黑夜之后是黎明，我一直这样认为。

大地之上

那一夜，风吹得很急，雨也来得很急，我准备关上门窗，回忆这一天的欢笑与争执。

迟缓间，群山已暗了下来，脚下的时光正向着河流延绵。

大地之上，应该有一道光芒照在身上，只为掸去内心的尘埃。

此时，我站在一场雨的对面。夜色已深，风声循迹渐浅，泥土的秘密被次第打开。

我知道，我与一场雨之间隔着另一场雨。

有人摆正了季节的寒意，有人握紧一张回乡的存根，有人成了某些人生命中的过客。

天空之下，山河岁月，皆有草木之心。

春天里

我应该能记起这一天，朋友圈里滚动着岁月的美好。

和一个朋友谈过飞机事故，我们相互祈福，撕开了日子的缺角，像在相互祭奠各自的过去，他并没有我想象中那么悲伤。

这是一个悼念亲人的日子，我不敢起身离开，怕摇晃身后的树影。

夜色安宁，像一片会怀念的树叶。或许是习惯了高过云端的寂寥，每一次出走都会遇上一条河流。

那个深夜里，有雨水落在身边，我仿佛听见了三月的每一个声音。

那一天，我的生活有了新的高度。疫情与风声，行走在时间的边缘，每一次都有人奔跑在最前方。

放下生命里的名字，我感动着，写到了多年后的一个梦，世间白茫茫一片。

春天里，我点亮一盏灯，像一个在制造黎明的人，让太阳照常升起。

生活的意象

六点，熟悉的旋律再次响起。换衣，洗漱，吃早餐，等车，进站，上班，敲打键盘，书写生活，翻阅手机，浏览社会。

生活总是这样推着我们前进，早晨睁开眼睛，献出一夜的记忆，然后，重复着昨日的动作。

我们熟悉着这样的直线生活，与无数个过去的意象平行或交叉，完成一天的轮回。

由于熟悉，我们会对突如其来的惊喜、意外，甚至是陌生的名字，充满了好奇的眼光。

我们也会渴望曲线的人生，把起点与终点当成风景，不断地延伸。

旅途上，我们可以回头，可以转身，可以面对万物。

放下心中的执念，每一片树叶都有自己的朝向，每一朵花瓣都有自己的颜色，它们都在阳光下，静静地不规则地生长着。

有温度的声音

那天下午，一只小鸟停在了窗边，我还没读完里尔克的《生活与诗歌》，季节已在变换的路上。

阳光是有声音的，一寸一寸地斜着进来，挤过门缝，穿过玻璃，照在桌子上、地板上和我的身上。

有时，还能感觉到这些声音的温度，被风轻轻地推着，贴着树角、墙角、眼角，慢慢地流动。

这些都在小鸟与我的对视中发生，我很感动，也很好奇。

假如我是一只小鸟，一定会把这些有温度的声音，收集起来，慢慢学习。

奇　迹

叶子黄时，我刚好记起了你的名字，你站在枝头上，左顾右盼，像在等待着阳光的到来。

此刻，风声早已落了一地。

当阳光穿过云端，滑过叶尖，照在你的身上。这时，你又跳到树下，踏响树影，寻找着昨夜的梦吧。

我的到来，是多年前的一次约定，无意间惊醒了树的花期，与你留在叶脉的轨迹，这是多么美好的时刻啊。

我的出现，给你带来了惊喜，正如你总能给我的生活带来奇迹。

不知从何时起，我把对你的想象当成了最远的距离，生活中的每一个角落，工作时的每一个时刻，这种距离仿佛是用生命命名的。

我发现所住的地方已成了梦境，我们相互揣测、相互谈论，我们在等待中雕刻自己的记忆。

多年后的一天，我从梦里醒来，一道光芒落成了你的样子。

原载《散文诗》（青年版）2023 年第 6 期

辑 五

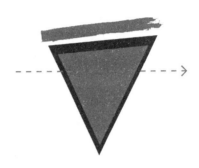

赞 美

木 水

赞 美

天空，如此辽阔，放手让大地奔向远方。

虽然，每一颗葡萄身上都怀着各自百分之百的圆满美，但，它们还是那么团结，几十颗，甚至近百颗，紧紧地抱在一起，各美其美，美美与共，让整个新疆，就像垂布在祖国大西北的一个个兵团，自然而大道，雄壮而不凡。

每一颗，都透着强大。

每一颗，都溢满尊严。

石榴行走神州，万家灯火般，多子多福。它们先花后果，各自挑着大富大贵的灯笼，照耀天下，从夏到秋踏遍长城内外大江南北，沉甸甸的脚步，酸甜之至的经典，千粒万美的透明，无懈可击的和谐——

谁能出其右？

其实，能让赞美一词哑口无言的，还是石头。

小到一粒石子，大到万仞昆仑，所有的兴叹，皆会默默无语。一次次被时间磨损，一回回让岁月风化，亿万年来了，亿万年走了，多少兴衰荣辱，几多悲欢离合，石头咬紧牙关——

从无说辞。

麻雀部落

小小的集结，小小的飞翔，

小小的不惊天也不动地。

翻飞着自己，翻飞着与自己一般大小的卑微……

分不清谁主，谁次，谁官，谁民，谁是领导，谁是从属。它们就是一阵风，一会儿在低空，一会儿在树上，一会儿又撒向草丛。为了几粒草籽、几只飞虫，而辛勤劳作，而忽东忽西，而披星戴月。

这么说吧，无论君臣佐使，不管富贵贫贱，全是兄弟姐妹，一律左膀右臂，一起悲欢离合，一块儿苦辣酸甜。

落在后头的那一只，翅膀还未长硬的那一只，被生活一不小心咬伤了命运的那一只……是的，它一定会跟上来，像收紧亲情与团结，义无反顾地再加入到群体里来，像重归故里，又像在振兴家族。

风雨中，天寒地冻之时，大雪铺天盖野之日，一群麻雀，独行于天地苍茫，在世界的大美之间，飞跃出天下唯一的生机。

快乐于自由平等，安详于万物寂静，没有谁胸怀鸿鹄之志，只是努力诠释自生自灭的一生。

在一张照片里想入非非

阳光明朗，白云安静。

想法，一下子变得年轻。

四十年过去，她依然面如凝脂，红衣飘冉，黑发披肩，被清贫的年代围在那里，宛如一篇没有文字的想入非非。

站在隔着两个青春的大道旁，我想为机遇鼓掌。是的，她发现了我，目光看过来，一半惊喜，一半无言，还有百分之百的视若无睹。

她张开的嘴，欲言又止，仿佛是嗔怪，又像是在问候，

还像是一笔带过……

我不敢再动，让捧着照片的手僵在那里，等待命运的判决。

我知道，所有的道歉都是多余的，所有的借口都是对真情的亵渎。

多么让人费解呵!

我真的不明白,四十年了,她在照片里向我举起的那只手,为什么至今——

还不放下。

冰封沁园湖

昨天,还群情激荡。

今天,就沉默不语守口如瓶了。

这突如其来的安静,这一下子跌入悬崖的寒冷,让整座小城噤若寒蝉。一群一群的风,跟在零下15摄氏度身后,从城北到城南,从遥远到遥远,匆匆复匆匆,它们要奔向哪里?

2020即将远去,好消息坏消息是否还在轮番追赶?

水躲在冰下,鱼藏在水中,让我的猜想,只能石头一样猫在大脑里——

一动不动。

那些路灯,不是谎言。

它们,无奈地一次次,把自己照亮。

原载《散文诗世界》2022年第3期

风之像 [外四章]

王猛仁

或许是一支醒着的曲子接近尾声，便将一首没有曼妙的歌谣，嵌进没有红嘴蓝鹊嘹声的暗时光。

偌大的山峦峰巅，舞动着历史松柔的触角，在一个波光粼粼的清晨，悠然惊醒。

大山掌控森林上空的星辰，此刻响起的钟声，多半会看清自己的力量和裸露的岩壁，庄重地回忆夜色中的静。

时间也会吞噬意念中的多彩云翘，最终，在某个维度消失。

究竟有多少往事，不动声色地锻造着太行山脉的这节历史，甚至设想着一尊不朽石碑的构图，以灿烂的光芒，辉映山民后裔的童心。

任何一次梦的节日，自迷惘中开始陶醉，坚韧地呼吐出舒展的山风，纵使是凄美的呻吟，也不再是虔诚的顺从。

已经没有多少余光了。

我愿意整夜听风听雨，看心灵的巨石，高悬于红色的山体之间，重书剽悍的千里眺望。

脊 骨

一次偶然，我热切地向往高远的峰峦，牵着手，缓缓向上攀升。

山的岩页，清晰地记载着生命的年轮。

在这被打磨的金黄阡陌中，寻找天空的翅膀和大自然宁静的馈赠，寻找血与火的一次次曝光。

或许，沉默的，并非耳畔回响着大地的无声召唤。

像曾经历过的某种期许，已发出鼓乐般的激荡气息，诠释这段神秘而遥远的跋涉。

我看到雨后的山楂林，在一片溅湿的红色中肃立，将干净与强硬，连同缓慢荡起的一树涟漪，重铸成一轮红日，独自照耀一个人的心空。

季风已在诗之潮中鼓噪，熟了。

只有冬天的朔风和杜鹃鸟的啼鸣，才能在岩石般深沉的眼眶里聚积最后一滴血。

抛却匍匐的脊骨，便能在生与死中化为星象——

抑或坠落于大地，抑或辉映于星空。

一场雨不足以穿透大漠与烟尘，但它会在岩壳之上，长出青苔，默默地涌动，漫过一个季节又一个季节。

声色之幻

声色渐暗。流萤熄灭。

林间的麻雀又开始了鸣叫。

而你的心思，仿佛山峰上的薄雾，一层一层，无从拾掇。

我宁愿自己是北方透明的雪花，在阳光下消融。

之后，雨水落下，稀释文字中跳跃的火光。

黄昏从田野里走来。

通体上下，满是青草、鲜花和泥土的异香。

我决定泊在北太行的修辞里，或隐于夕暮，或明灭于午时。

一颗星星，一片羽毛，一块石头，微不足道。

我分明看见，躲在山谷里的画眉鸟，已轻轻推开散文诗的门扉。

天空，浮游着大朵的白云，我愿意数着雪地里的足印，捕捉冬晨的花朵。

万物在阳光下已化成碧绿的春水，只有晚霞唤起的炊烟是恬静的。

我不禁笑了，且以微醉的神情表达这份亘久的感激。

此时，你站在大山旁，斜斜地看我。

我的形象，其实并不在我的文本里。

如今，我已无力描述自己的形态、声音与色彩。

太阳光

猛然抬头，从你消瘦的背影中，倏忽瞥见早逝的年华和清晰的泪痕。

是的，一次两手空空的旅行，可接近因贫困与卑贱所造成的意识空白。

在辽阔的平原大地，我想拥吻一个真实的世界。

我想以艺术之名，抛开一切恼人的虚狂，搜集陌生的灵感。

以清晨落下的第一声雨点和深度休眠的音符，挥舞着长斑的长诗，像密集的一排排浪花，洗濯清晰的往事。

枯荣易变。

眨眼之间，在时光的缝隙里，我既找不到合适的词语，又看不见兀自飞翔的一行白鹭。

你的影子，或蹁跹，或迅疾，或遁于无形。

来日漫长。

星星与月亮，在晨光中消隐。

要爱，就爱她缥缈的远山暮雨，不借闪电惊雷，也不沾染尘世的温度，静悄悄地，在不经意间，一一重现。

包括我的田垄、树木和青青草地。

——这是激情的驱使，还是命运的布局？

在灯火阑珊的欢笑中，我并没有忘记阳光的温暖和晴夜时的爱抚。

记忆的门

时间在艰难的盘旋中近于停滞。

硕大的身躯虽然老态龙钟，却奋力地高举一把诗的旌旗，企求以袒露的伤口，佑护着弯曲的距离和一切弱小的生命。

有人顶着一方井的天，让幻觉与谎言瞬间毁灭。

太阳如捉迷藏的顽童，纷纷驻足，以怀疑的光束，漫过野花，漫过苔泉，漫过习惯的面孔。

我忽略了四千九百年前的神灵，沉浸在被他们浸染的山色水光之中，听皮埃尔·勒韦尔迪的诗句在一本书里窃窃私语。

环顾四周。

有一双惊惶、焦虑的眼睛，在无序的图景中。从爱情的地狱走来，贪婪地变幻着方向，以此遮掩几近凝固的笑声。

我仿佛看见一位行将老迈的抒情诗人，面对阳光，面对无端转移的虚饰，双眉紧锁，蔑视人们无法理解的高贵。

谁会怀疑，苍凉的尘世有金色的太阳存在?

所有拨弄记忆之网的花草叶片，均尘封于历史的殿堂，无法忘却。

原载《意文》2023年第3期，《散文诗》2023年第7期转载

音乐课

冷　吟

独　唱

有人在你的身体里跳舞。她有七只脚，像背负七颗星星的瓢虫。

她是节奏感的孩子。忽高忽低的台阶或琴键，在模仿一艘摇晃的船。你胸膛里的飓风，吹不坏她的绸带或帆。

一个胸膛就是一座殿堂。

低音中音高音，民族美声流行。词和曲，一首歌的两只眼，一把钥匙的两排牙齿。推开门，一只鸟顺势把梯子搭上了天空。

你站在共鸣的云端，无人可以接近。

合　唱

把自己区分出来，是困难的。如同大海中的一滴水、一朵浪花，你的存在毋庸置疑，却无法凸显。

但你有自己的位置。

男声，女声，高音，低音。时如春风拂面，时如雷霆万钧，时如铁戟沉沙，时如白云苍狗。在和声的照耀下，我们层次分明地成长，努力让自己变得精致或经典。春华秋实，那么大片茂盛的美，缺了谁都是一个破绽。

而那些乐器织出的，又是谁苍茫的心境？

众目睽睽。指挥者跌宕起伏，如一只孤独的小船或猎人。他舞动的双手，紧紧抓住一个棒形的开关，或方向。

伴　唱

副词，侧枝，一心一意追随，绝不喧宾夺主。你是锦，她就是花；你是花，她就是叶。

你不会分身术，你的嗓子只能一次送出一条河流。伴奏，是两岸流动的风景；伴唱，则是风景中那只兴奋的鸟，时落，时起。

她的口型，情绪，与你同出一辙，但追光灯追不到她的脚步，掌声，也淋不着她的发梢。她暗淡，寂寞，如阳光下的灯泡，可有可无。

但她兀自亮着。

你是千万人的眼睛，而她，只是你的睫毛。你流泪的时候，她情不自禁跟着颤动。

民　歌

这种歌曲，要用青藏高原的胸膛方能种植。

这种歌曲，要有长江黄河的喉咙才能演唱。

山歌田歌小调，号子花儿信天游……从民间走出来的精灵，一声比一声粗犷，一声比一声倔强。

情感在大地上燃烧。

骨气在天宇中激荡。

时间是一面古老的大旗，绣着鸳鸯、合欢，也绣着刀枪、信仰。一些爱情，以酒的方式飘香；一些精神，以船的姿势破浪乘风。日与月，水与火，拧成一根长长的铁索，勒住了一个民族的沧桑。

高度，需要一双翅膀降落。

脚步，需要一双耳朵安家。

而那个孤独的歌者早已化身为埙，把自己埋在了群峰之上。

MV

现在，它伸出了两只手——你的耳朵和眼睛同时落网。

一种藤蔓植物在唇齿间生长，词语的枝叶被时间吹拂——其中一些会变成刀片，切分某颗驿动的心，而一些则会变成针脚，为你密密地缝合。几滴露珠，拼命坚持破碎前的明亮；爱与恨是两只蝴蝶，一只忽高一只忽低。

谁为谁做了注脚？谁是谁的影子或前身？

冰与火，黑与白，哪个更适合成为酒杯？

而道路早已完成了拼接，预设的背景，恍惚的眼神，注定会跟着台阶走到终点。偶尔的卡顿或停靠，仿佛不经意的蹙眉，让你平添几分期许。此刻你是自由的，松弛的，如一只鸟儿或不系之舟，你在一面小小的镜子里找到了身体的去向。

也摸到了灵魂的开关。

原载《诗选刊》2023 年第 9 期

晨 光 [外一章]

陈兆平

坐在夜的尽头，我被晨光包围。晨光从你的窗口射进来，灼热我的黑发。

早年的旧信已被你翻新，用带晨光的手。

感受每一天，我热爱晨光的锋芒与亮度。

静静的我想让你的晨光穿透。

光芒和温度深入我的骨髓，我想起了剑，千年的剑影不绝，却斩不断天边火红的云彩。

你的晨光在我的胸口舞剑。动听的声音穿过我的手指，内心的河流澎湃着生命的潮声。

把自己彻底打开，接受无边无际的晨光爱抚，一生的歌谣便唱到血脉深处。

牵牛花的夜晚

这夜的篱笆依旧，月已是中秋的月了。

这时候我已远离冬天，月色似雪，凝上一片青藤，是要催开很久的梦幻吗？

寒露滴不进这夜的窗口，亲爱的，趁诗歌还在孕育，你就来到我的笔下吧。

过去的夏夜，故事离我们越来越远，我们所熟稔的那一丛花朵，就要露脸了，开放在熟睡的时刻。

那便是我们苦心经营的花朵，今夜一开，红唇般的花蕊便绽放出打结的心事。

你那渴盼花朵的眼睛已经安睡，月已上中天，你拉着我的衣衫，月光如水，径直流向你的眼角。

瞭望篱笆，有香气越墙而来，我握着你的小手，一些花朵在我的衣衫上开放，在这个牵牛花的夜晚。

原载《星星诗刊》2023年第1期

浮在岁月表层的暗香与疏影

王　琪

雪的背面

是铅灰弥漫天空，渭河平原上一座座萧瑟而孤单的村落。

是所有望了又望，那被何物阻隔的道路，又被什么切断的山川与河流。

是内心渴望的一只只摇晃的灯盏，期冀能再温暖、再明亮一些。

——虽有北风夹杂着大雪，在阴冷与苍茫中席卷而来，我仍固执地这样认为。

蛮荒之外，更多的生灵蛰伏这里，也蛰伏那边，迷蒙着我们的双眸和去路。但似乎只有此时，才能听见天地间珍藏的阵阵物语，隐约发出。

不要企图谋划什么，雪在雪的背后甚为威严地告诫你，也紧盯着你。

不要刻意制造什么，雪不容许你有任何妄想和猜疑，不容许你有任何虚情假意。

一个声音似曾从深冬传来：活在人世，请一定要怀有仁爱之心、悲悯之情。

如这场浩大的飞雪一般：白得无瑕，白得透彻，白得发光。

——却不会令人陷入绝望之地。

侧　影

没有日光斜射，花草之间来回移动的影子，到了午后，依然无处不在。

南山北坡，河水两岸，接踵而来的清风与草香，捎带着人间不为人知的低诉和哀叹。

站在曾被无数人一再描述的春天一侧，我认领着与几辈人生死相依的屋舍与田野。

听说昨夜，故乡又有人久病未愈，孤独终了。

——他还年轻，父亲早亡，尚未成家。

——他意气风发，偏执而决绝。

卑微的人，一生何其短暂，仓皇而去。

树权执着地伸向天空，等待新晖。可属于他的那座院落，永远一片空荡和萧瑟。

多少伤悲，从心底无端涌起。

多少人生无常事，不可言说……

仿佛被一再提及的宿命：一生谁都无以抗拒，无法逃避。

也仿佛彼时，我注视许久窗外的那枚新绿，经风轻轻一吹，从枝头兀自飘零，悄无声息……

南山以南

我确信山以南，才能看到葱绿和林荫层层覆盖。小路崎岖艰险，弯道甚多，零星小雨已经下了两个时辰，山里的空气无比清新。

距我几百米远的地方，古庙森然，缭绕的香火升入湛蓝而辽远的碧空。

树林外的小广场空无一人，麻雀们飞来飞去，不为别的，只为年年到来的春天叽喳而鸣。

隐于深壑与沟涧的事物，都仿若山神旨意与初衷，跌入南山以南最底层，最幽静处。光影轻浮，闪现于我脑海的，此时皆为虚构与幻觉。

要承认，南山以北缺席的事物，在南山以南，都会一一归位，都能渐次获得安宁。

尘嚣，离这里也很远。

你曾拒绝过的对往昔的怀念，瞬间变得持久清晰起来。

活在尘世，你我多像一粒匍匐地面滚动的砂砾，间或贴在枯枝与根须之间，迷蒙于苍白的灵魂叩问。

尽情地吮吸阳光，再尽情地，被雨露滋润。

你看，困倦的肉身与心灵迟迟徘徊南山，再无法重回久别的旧时光。

在果园

久违了，这沁人心脾的芳香，蝶舞成群的状景。

风，似乎只愿意从一个方向吹来，让徜徉林间的我，与满园子的树木，此时如灵魂与肉体那般，形神聚散，彼此脱离。

该旺盛的花朵已经旺盛，该绽放的叶片已经绽放，该抵达的，也已如期抵达。

那些正在孕育着的果实高过头顶，还将高过枝头、晴空和万丈阳光。

不能否认，是这从容流转的时光，让我们热爱的每一件细微或庞大的事物改变了它最初的模样。

这不能忽略的春天一侧，被阳光和细雨温柔亲吻、抚摸，像母亲，深情地疼爱自己的孩子。

寻常而平和的月份，我原本也可以像这里的一草一木，怀着结满果实的渴念，把一份热烈、一份执着献给了朝晖与暮晚。但我没有。

我最多，活得像一棵稗草，一只蝼蚁。

不管果园还是不是从前的样子，没有谁，不喜欢新生的力量向上再向上，鲜活的生命奔放，再奔放。

灯 前

我读博尔赫斯，读辛波斯卡，读泰戈尔，也读《诗经译注》。

母亲在客厅看电视，妻子缝制衣服，女儿则一边唱着童谣，一边做着手工。

忙碌了一天，沉重或烦琐的事情都进行完毕，明晃晃的灯前，我们都各自沉浸在自己的小世界。

没人留意，我头脑此刻会映现出什么，一首风花雪月的诗的诞生？一部热播剧剧情的久未散去？还是考虑第二天的柴米油盐，养家糊口？

文字。文字。文字。日子。日子。日子。

灯盏，每到夜晚，即时映照着我灰暗的头颅，脑袋却陡然滋生出一种心痛欲裂的感觉，但在胸口，似有万马奔腾，长河奔流。

灯辉宁静、温馨，让我远离黑夜，无法隔绝内心深处的孤苦与煎熬。

想放下书本，去陪陪女儿，再陪陪母亲。这不大的家中，我身上背负太多的自责和愧疚。光泽莹莹的灯前，我不止一次地问自己。

问自己时，我又一次侧身转朝灯辉传来的方向，凝目张望。

——那满载希望和光明的灯前，分明是聚拢在一起的人间亲情。

茶杯里的浮光

有些心结没有完全打开，就趁谷雨时分，迈着蹒跚的步履，披一身暖暖的光泽来这里吧。

来这里围坐一起，手捧黑陶制作的茶盏，对目凝视，慢慢叙说……

这是薄暮晨光里，一场情深一往的前世相约：与三两挚友，五六私交，或一二贴心知己。人生的幸事，当属尘世纷扰，还有人听你倾诉衷肠。

江湖之大，风云跌宕，起伏着人间喜怒哀乐、恩怨是非。如这灯下的光线，虽有黑与暗被照亮，但也偶有照不透的诗和远方。

而来自唇边的叙说，与舌尖上的茶香，如出一辙，把俗世的不悦统统忘却，好似与离人，一起领略着一处茶楼、一条街道今日与往昔的荣耀。

——它是以素朴的神态和内在，构成我们执意要去的地方。

当你怀抱阳光、鸽哨、信笺与谷种，来到这里雅集，就会获得一种满满的精神归宿，一次意想不到的神奇邂逅。

今夕何夕？举杯低吟浅唱之外，金菊绽放着暖人的光芒。拂过你黑发的脸颊两侧，凸显出不可言喻的笑意。

一缕青烟，或一团雾岚，绕过屋顶上的花园后久久不去。伸向十里长街的寂寥暮色，陡添过几分诗情画意后，不一定能再次回到身边。

原载《青岛文学》2023 年第 1 期

致土地 ［外一章］

姜利晓

我一直固执地认为，小满，就是一个乡下小姑娘的名字，一个胖乎乎的小姑娘，站在乡下的田野上，站在古老的农谚里，站在一个季节的前排。

小满来时，那些麦穗就开始饱满起来。满满的麦穗里，装着农人心中的希望和幸福。农人爱小满，就是爱她这种大爱的给予。

一树树的麦黄杏，挂满枝头，低低地垂下来的样子，像是要亲吻这一地的麦穗，这激情让空气都燥热起来。你看一望无际的田野上，不知是麦浪在汹涌，还是喜悦在翻腾？

火辣辣的阳光下，农人在小满发布的时节里劳作，间种棉花套种花生。在收获之前，必须要有这播种，要有这汗水的挥洒，天上不会掉馅饼，幸福是奋斗出来的。

被夏日的太阳烘烤过的风，都带着浓浓的阳光味道。田野上的庄稼，在被一个劲儿地催着走向成熟。你听，静夜里，小麦灌浆的声音多么诗意，多么充满生命的节奏与律动。此时的生长，就是为了不久后的一场名叫"丰收"的大戏，做好铺垫。

和土地打了一辈子交道的父亲，早已按捺不住心中的喜悦了。你听，他磨镰的声音多么田园，"刺啦，刺啦……"的声音，在五月的乡下哼唱着农谚的小曲儿，回荡在每个乡人的内心深处，多么动听！

被父亲磨好的镰刀，磨成了一弯明亮的月牙儿。

父亲手拿镰刀走向田野的时候，小满被父亲背在身后。这场景，是五月乡下的田野上，最美最有韵味儿的一幅画。

五月的乡村

打鸣的公鸡，喊醒一颗颗沉睡的心。

一缕晨曦的光芒，丝丝缕缕洒落下来。古老的村庄，被披上一层梦幻的纱。

袅袅升腾的炊烟，摇晃成一面面村庄的旗帜，也是一枚枚村庄别致的符号。炊烟之下，是乡下人家柴米油盐酱醋茶的真实。

早起的农人，总爱拎起一把锄头，走向露珠迷蒙的田野，就是站在田间地头，内心也洋溢着无尽的幸福，仿佛是专门过来问上一声"早上好"。

一行行，一畦畦，一望无际的麦田，微风中翻滚着无尽的波浪。这是别样的诗句，书写在田野上，被人心幸福地珍藏，被岁月激情地吟哦。

红红火火的日子，田野与庄稼，就是源泉。

鸡鸣激昂，犬吠古远，一声声熟悉而亲切的乡音，喊得五月的乡村，暖意融融。五月，以母亲的名义，感恩和祝福着，也以这母亲的名义，感恩和祝福着土地和村庄。

人生在世，一些东西就是这样的轻，也是这样的重。

五月的乡村，是一幅乡土画，是一首田园诗，每次目光的触碰，都有难得的诗情画意，顺着你的目光，直抵你的心灵，不停地汹涌澎湃……

为五月的乡村，写下这些长长短短的句子，也算是为母亲和像母亲一样的村庄，唱响的一曲感恩的歌儿……

原载《济宁日报》2023 年 5 月 21 日

父母的汗碱地

淮源小月

罗锅是父亲的一枚勋章

父亲十一岁，二爹七岁，小爹零岁，父亲的父亲去世。第二年，父亲的母亲去世。

罗列数字，直述坎坷。

十二岁的骨头，钙质提前固化。父亲袒肩，开始堆积责任。

巩沟的土太重。

家太重。

贫穷太重。

兄长的长字太重。

父亲的骨骼里有风声，有弦满张力的反抗声，有咔咔嚓嚓的雷声。

生活开始逼着父亲低头。

站直双膝与脊梁骨叫板，直至弹片嵌入，胸椎弓身而出。父亲的牙骨能嚼碎食物，照样也嚼得碎疼痛。

弯曲，不是屈服。

与读书人的驼背不同，罗锅一词是父亲一生磨不灭的光荣。

扬　场

父亲是左撇子。

但扬场不讲究这个。随着风向，会不断调整顺势与撇势，不管怎样做都拿手才叫好把式。

扬场是在晒场上用碌碡碾完麦子之后的一个程序。

风从木锨上走过。麦与糠，需要父亲用体力一锨一锨区分开来。

风，认得父亲。或，听得了父亲的号令。

父亲个子矮，但不影响他把骄傲抛向天空的高度。麦粒在空中与阳光擦出了金色的芒之后，再落在晒场上与大地碰撞出父亲自信的回响。

父亲脸上的汗水忙不迭地与麦子滚在了一起。

一把扫帚，掠场。

父亲总是那么细致地把收获里的滥竽充数之辈，排除在欢喜以外。

黄花，都是父亲的闺女

毡帽的破，正好可以拿来描写父亲与阳光走得很近的肤色。

时常，父亲以静来调养生息，像随时可以隐入水中的蛙。

三月有父亲最拿得出手的业绩。

巩沟，大别山浅丘陵地貌。父亲预留的油菜地，不算大。金黄，富贵的色彩一整块一整块平铺在父亲的土地上。

笑脸的纯是可以直击心灵的。如风，撩拨心花，怒放。

一朵朵黄花，是父亲生育的女儿。和我一样，都在阳光下翘首，争着对父亲，叫父亲。

菜花的香，比不上涂抹在身上的巴黎香水。粗糙，浓烈，略感刺鼻。像，大蓝边碗里流泻的乡野土腥气息。

此刻，卖弄妖冶的身段，并不是招呼滚滚从城市涌来的车流。她在以身暗许于风，暗许于蜂蝶。

看着她花枝乱颤地笑。

她正与它们一起，为父亲举起，即将富得流油的日子。

我需要一场大雪的冷，或白

我需要冬天里下一场像样的雪。

我需要，以鹅毛为喻体在我窗外的那株梅上飞舞成一首唐诗。然后，与孩子一起在窗前吟咏经典。

我需要一场大雪的冷，在屋檐下，凝固成冰凌，或冰封淮上的每口池塘，每条河流。包括，淮。

水的柔，雪的散，容易被寡断一词误判。我需要那些坚硬之物，支撑起童年强大的想象内核。

冰上，拼刺刀，吮冰块。然后，拿出心爱的陀螺，用鞭子抽。不能溺爱。那种鞭策的疼痛，是避免停下来的力量。

我需要这种炎凉，去阻止一些蟊虫的泛滥。把苍蝇，或蝗虫，冷冻在几粒卵上。

或许，因为开采稀土的矿洞太深；或许，因为烧制焦炭的废气太浓。这么多年，我一直诚惶诚恐。怕，在黑暗中行走得太久，再找不到祖先留给我的那双黑色的眸。

我需要用一场雪的白，来擦拭目光，能把我灵魂救出。

我需要，在人群里，有人能把"巩沟人"三字脱口而出。

我在巩沟一直等雪

失望在时间的流里，长了又长。如此，才让等待的人有了品性的尺度。坚忍，或坚守。

一入冬，我便开始在父亲的一棵麦苗下，等雪。

父亲那手心里纤瘦的绿，还不能为我护佑。

蓝天下，我虔诚如一个十足的信徒。净手，更衣，焚香。然后，把头低垂到父亲的土地上。

或许父亲的背是一块荒芜的盐碱地，让冬天找不到落脚的地方。雪一直未敢，或不忍放纵。

光阴顺着祖制的节点，流逝。

又小雪节气。

又大雪节气。

阳光，灿烂的笑容挑战了冬天里，传统农耕文化的排序。

只剩下风，在几片枯叶上干燥地戏谑。

父亲的毡帽戴上，又取下。所有御寒设施成了一种象征。

瑟瑟一词，具有高度的传染性。空气趋向混浊。风里，父亲的手瑟瑟发抖。

父亲的麦苗瑟瑟发抖。

我的心瑟瑟发抖。

我抬头看了看父亲。

一声叹息，虚拟一场雪的走势，在父亲的头上结下，冰天雪地。

原载《河南诗歌》2023 年第 2 期

谁是采花人

鲜 然

1

一枝荷在水塘中。

采花人的眼睛里有一把剪子。

你把笔墨一甩，说，请看，这就是香。

2

你赶忙起笔，枯干的荷立马鲜活起来。

鸟儿扇着翅膀，寻找口粮。

一个常年生病的人拉开冬天的窗帘。看见池塘有水，水里有荷。

3

一花一叶一莲蓬，还有一只麻雀。

尘世给我们的启示录是，要学会和生活和解。

现在，风还在窗外吹。

宣纸上洇开的胭脂和墨汁，也是花在开，麻雀在飞。

4

这不是遥不可及的异境灵壤。

这是想象的麻雀守着想象的荷花，抑制的激情。

你就想让那个人看一看。

5

在夜晚铺开宣纸。

让往事有隐秘的美。

活在尘世的琐碎之外，微醺让人感觉更好。

过去和现在，你用一朵花勾连。

6

给你真正安慰的，总是那些花。

总是那些花解了疼和苦。

一遍遍画下荷，仿佛一遍遍重回静谧。

出逃的人想要的独自时光。

7

除了荷，什么也没有。

它浮出水面的时机取决于你。

就像鸟儿飞过还是没有飞过，你都要让它飞。

这记忆的选择，所有的未竟之爱。飞一飞又如何？

当作摆脱如何？当作自己对自己的放过。

8
你说，成荷。就成了荷。
你说，鸟出。鸟就出现了。

从春到秋，又到冬，这练笔的过程，只有荷花和麻雀。
埋在淤泥里的只字不提。

9
如果隐身荷之中。
要不要再碎碎念叨生命和生存。

从一枝荷到另一枝荷，你用了整整一年，或许会更长。
看见自己的泥淖，也看见自己的突围。

荷出淤泥才是荷。

10
微风刮过池塘，挨在一起的莲枝簌簌响动。
你抱了谁一下，又松开。这清淡的哀愁，你想记下它。

你和一只麻雀互相看见。它飞给你看。你画下它。

11

在清晨研墨。

让隐秘往事轻盈起来。

很多次了，你一遍遍说着那扇动的双翅，轻轻说。

若是蘸饱了墨汁，就沾染太多霜雪。

做荷还是做麻雀，你说，请选择。

12

跟随一朵花一只鸟进入深处，又爬上高处。

采花人走着走着就走回寒凉了。寒凉里，什么也没有。

你把抖落纸上的墨滴涂抹开，说，请看，这就是自由。

原载《星星·散文诗》2023 年第 5 期

今夜，孤独锋利无比 ［外五章］

倪宝元

1

秋收冬藏。北风的凌厉，让万物渐渐收起锋芒。

窗外，最后一场秋雨，还有像雨一样的落叶，在风的萧瑟里，替季节掩饰一丝凌乱。

一个站着向秋天告别的人，就是一座悬崖。

他以一种不懈和执着，等一辆岁月的绿皮火车，将三千吨离愁，载往下一个秋天掩埋。

2

寒衣节种下的心愿，已在菊花的晨露上晶莹。

此刻，那些风中飞舞的树蝶，可是沉寂里你最深的表达？

时间的快马，让存在和虚无合为一体。

年复一年，你把背影留给夜的空旷，以故乡的名义替我喊出漫天星辰，让辽远的乡愁，沿星光的足迹，找到一条回家的路。

3

今夜，孤独锋利无比。

一些人刚刚入睡，一些人却一直醒着。

我在黎明的草尖上，替他们一一喊出每一颗星光的名字。

冬至

1

从小雪到大雪，我就一直在等，等一场雪，把江南的冬天唤醒。
此刻，天空阴沉，如同一个严肃的长者在沉思。

村口的老槐树，依然独立风中；一片守望的船帆，在荒野里张望。那些风中摇曳的鸽哨，似在等待，某个魂兮归来。
沉重的脚步，惊起一群黑鸦。闪电一样掠过的翅膀，划破天空，划破沉寂的心田。一些往事就涌了出来，湮没了寒冷，只留下风的呜咽。

2

从春天一路走来，所有的祈祷，已在风中生根发芽。
今夜，那些无法安放的乡愁，是否与我一样，在城里的霓虹下读着忧伤？

一簇簇火焰，已把心灯燃起。那些刻在石碑上的名字提醒我，我还是一个有父母的孩子。
于是，我在余生的词典里努力翻找，那声遗落岁月的呼喊。

3

从北回归线到南回归线，是谁在把白天和黑夜拉长？
从一场雨到一场雪，又有谁总被如雨雪般飘落的往事淹没？

我在等一场雪，把岁月的天空擦亮，把每一个失眠的夜晚擦亮，把那一声呼喊，从如烟的往事里，唤醒。

窗外，一个寒梅拥雪的早晨，已经到来。

小雪

1

北斗西沉。冷风在老屋的廊下摇曳。

从灰暗天空透出的一丝亮色，这是初冬留给谁的回眸？

雪还在路上。那些远走他乡的雨，只是它挂在前方的抒情符号。

此刻，芦花在苍老的时光里打坐。脚下一池瘦却的相思，挂在残荷的天空。

2

从寒露到小雪，季节的列车只是转换一下车头。

而我们前行的脚步是否还有些迟疑？

寒风中，每一棵白菜像我的兄弟姐妹，挤在一起取暖。它们在等母亲那双温柔的手，将它们一一抱起。

残缺的瓦楞上，一缕炊烟带着土灶之暖，从儿时的味蕾层层传递过来，渗透此后每个春夏秋冬。

夜色苍凉如水。

岁月的雪山之巅，我和一场雪一起抱紧远方。

3

时光如雪，涤荡着人间烟火。

跟随凌厉的北风，那个叫小雪的伊人步履蹒跚。

我闭上眼睛，把自己交给苍茫和辽阔，在曾经堆砌雪人的地方，堆砌阳光。

大雪

1

鸟未绝，雪也未至。

千山和万径我行我素，蜿蜒在冬日的路上。

在暖冬，我只能通过幻想一场雪的形态，来表达对时光的敬意。

我阻挡不了时间的快马，我也不能用一场陈年的雪装饰岁月的门面。此刻，我的脚下，就是上苍赋予大雪的封地。

2

一个农耕时代的文明，就必须有一场现代的雪来考量？

在北国，雪的泛滥如同江南的雨水。它不知道，一场淋漓的表达之后，平静的表象下又是一种怎样的嶙峋和汹涌？

好久没打雪仗了。

不管高与低、黑与白、美与丑、善与恶，我只想用一场大雪，把这滚滚红尘彻底淹没。让我无比热爱的土地，以最纯最洁的容颜，再次一元复始。

我会高仰着头颅，在春天的岸边，等一幅雄奇壮美的图画向我袭来。

3
用一场雪丈量人世的深浅，这是一种怎样的哲学？

在大雪的世界，我等待的雪，是如此轻盈又这般厚重。

夜色阑珊。

我仿佛已听见它深沉的呼吸。

小寒

1
数九的日子已经到来。

当上苍用寒潮掀开新岁扉页，这是出于一种怎样的思考？

此刻，我只想向北风再借一些寒，把藏在岁月深处的那场大雪赶出来，让怀揣星光行路之人，在一场深刻的雪里，找到最初的自己。

2
一盏油灯，几双鞋底，还有一个顶针，这是这个时节母亲的标配。今日，它穿越时空隧道，随呼啸的北风一起向我走来。

这么多年，它就用这样一种关切，注视我的一举一动，令我在寒澈的世界，一次次触摸那些热泪盈眶。

午后阳光酝酿着情绪，将白日的喧嚣拖向黄昏。

此刻，没有风的阳台，谁的心里正风生水起，让岁月之海漫过双眸？

3

一元复始。

江南的冬天，才真正到来。

而你心中的春天，已领着一场大雪，开始穿越剩余的黑夜。

大寒

1

寒到极致，每一滴水都选择了沉默。

此刻，只有蜡梅迎接风的料峭，逆势而行。

阳光无声扫过原野。

万物萧瑟的时节，那些被寒潮裹挟的青绿，仿佛是被禁锢的命运，等待一场春雨的牵引。

2

三九四九冰上走。

当腊八粥的香味开始在风中弥漫，总有一种温暖在时光的平静里汹涌。

赶集，扫除，祭祀，蒸年糕，写春联。每到年关，故乡就以这样一种方式，从我的记忆里出发。年复一年，日渐丰盈的日子已经淡忘，但一年仅有一身新衣的快乐，却成了我生命里无法替代的永恒。

光阴荏苒。

当时间的沟壑布满额头，我突然发现，除了流淌在血脉里的故乡，我肩上的行囊，终究还是一贫如洗。

3

我已老，但故乡未老。

面对岁月生生不息的传承，我读懂了一种让人心潮澎湃的力量。

原载中诗网《中国诗人》栏目 2023 年 1 月 10 日

辑 六

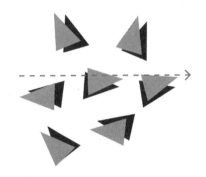

大自然的神秘法则

宓　月

大自然的神秘法则

小时候，老师教我们为人要坦诚，做人要表里如一。我觉得没错，所以我总想把我知道的一切毫不隐瞒地告诉别人。

长大后，我依然把坦率、真诚，当作座右铭。

但先生说我不懂得含蓄隐晦的艺术，笔直的道路容易让人倦怠，一望无际的原野令人乏味。适当的盘绕弯曲、回环起伏，既是审美的，也是最合适的。

他一而再再而三地提醒我，直来直去会把别人误伤也把自己误伤。透明人是不存在的，就像花朵不会在众目睽睽之下绽放，那是对大自然法则的破坏。

有那么一瞬间，我似乎明白了。

我见过满树的花蕾，可从不曾见过花蕾绽放的那一刻。就像怦然心动的时刻，总是毫无来由，无法预设。

非此即彼、泾渭分明，只是我的一厢情愿。总有一些灰色的中间地带隐藏其间，大自然的神秘法则就隐蔽在那里，等待我去参悟，去探索。

原载《星河》2023 年秋季卷总第 52 辑

在路上

移动的不只是有形的身体，无形的思想往往走得更快。

充满未知的目的地，是刺激的兴奋点。

在路上，有大段大段的空白，任由想象挥洒；把平常日子无法容忍的白日梦，尽情地做个够……

在路上，或做苦行僧，或做狂想家，自我都在无限地膨胀、膨胀。

踩着时间的脉搏行走，感受生命最强劲的节拍。

一切都在行走。

我们可以深切地感受自己，存在并且行动着。

因为这，才有那么多人喜欢旅行，喜欢不停地走在路上，也才有了那么多的发现，那么多心潮澎湃的体念。

人是多么需要证明自己。

是一个大写的人。

是一个自由的人。

是一个有欲望和梦想的人。

是一个有思想在创造在发现的人。

——一个有意义的人。

原载《星河》2023 年秋季卷总第 52 辑

不能错过的羊茸·哈德

来过的人都说，一生必须来羊茸·哈德一次。

至于为什么要来，每个人的理由有所不同。有人喜欢它是最美的藏寨，有人喜欢这里的清新空气、高原美食、独特风景……

在羊茸·哈德的四天三晚，我枕着雨声入眠。而当我起床时，不愿散去的雾岚才退到半山腰。想必每个夜晚，整个村子都被这雾岚包裹，包括我的梦。

我终于明白了我喜爱它的原因——

这个三面环山一面临水的藏寨，足以让我的身体和灵魂都来一次短暂的憩息，过一小段神仙般的日子。

2600米的海拔，刚好够遗忘人世间的烦恼。我只管享受未经渲染和修饰的雨声、水声、风声，直到把内心也濯洗得干干净净。

我也只管放纵自己的思绪，去追随清晨的袅袅炊烟，去想象山间舞动的云霓。

我甚至不用去探究，是否真有神灵在夜晚潜入我的梦中，给予我久违的安宁。

只要望一眼五彩的石木结构建筑、七彩的经幡和高大的白塔，就会有一种神性的光芒油然而生。

只要看一看房前屋后热烈生长着的卷心菜、豆角、南瓜、黄瓜，以及绿油油的薄荷、开得繁盛的格桑花、蜀葵，还有那一张张真诚的笑脸，就会知道，当一切都充满了自然气息，幸福就会变得很简单。

羊茸·哈德，是一个可以触及的梦。

亿万年的雪山、八十里彩林、晶莹的海子，都是这个梦的延伸。

不能错过，也不会错过，羊茸·哈德，即使你在路边，在深山，在云雾里，因为你是"神仙居住的地方"，你是"向幸福出发之地"。

原载《黑水文艺》2023特刊

达古冰川的遗憾与希望

让人念念不忘的，往往是未能抵达、错失的事情。譬如，去达古冰川，在4860米的雪山之巅，喝一杯咖啡。

七年前，我已错过了一次。那一次，我远远地望了一眼景区入口的"达古冰川"四个大字，就怀着遗憾匆匆离去。这一次，我以为可以圆梦，却被告知，因为检修，索道关闭，没有可能登上山顶了。

我知道，上山的路不止一条。只是习惯了走捷径、坐缆车，我已经没有时间、精力和耐心去用双脚攀登一座雪山了。

连洛格斯圣山七公里的朝圣之道，我也未能走完。栈道的两侧，红石、苔藓、落叶松、蘑菇，牧场、海子、河流……都在诱惑着我。我的眼睛已经忙不过来，哪怕我调动所有的感觉，也无法一次性体验个够。

圣山就在栈道的尽头，在云遮雾绕之中，我却只能再次寄希望于"下一次"。

好风景，不是快餐，不是速食品，是需要用心去品味的。

我不过是一个走马观花、浮光掠影的游客，我不过是窥探了达古冰川丰厚的一角，却已足够我回味。

我相信上天早已有了安排，所有的相遇都不是随意的。

在我面对达古冰川，不会只是空洞地慨叹、苍白地赞美的时候，我就会登上山巅。

那时，它能教给我的东西，我能领略到的东西，会比现在多得多。

原载《黑水文艺》2023特刊

杏花开 [外四章]

亚　楠

北山杏花都已经开了，高高低低的热热闹闹，错落有致。你就看吧，那些白里透红的花朵，密密匝匝，仿佛都绽放在游人的脸上。

这热烈中的妩媚呀，在春光里沉浮，有如一大群蝴蝶，簇拥着，把内心的喜悦都尽情释放了出来。可有时，她们也会隐去忧伤，安静地躲进记忆，好让一颗受伤的心不再疼痛。而我体察你嗡嗡嘤嘤的心绪，就像在晨风里远眺梦中情人。

所以当盛开的花朵跃入眼帘，我就会让自己安静下来，收回思绪，且从一朵花的梦中，捕捉你缓缓消失的背影……

春之声

当春风带来喜讯，伊犁河奔涌的浪花便带给了我无尽的遐想。天山逶迤着向西天绵延，那莽莽苍苍的峰峦一直铺展到天上——

当云杉用挺拔诠释着力量，当万物蓬勃生长……生命就会扎根岩石，并用一生的坚守，让大地升起春天的梦想。

这就是拓荒者的信念啊！天山儿女用真情回报祖国母亲，用一腔热血铸就人类史诗般的丰碑。而这一刻，我目睹着新疆大地五谷丰登，各民族安居乐业。即便大街小巷，那些匆匆赶路的人都面带微笑，内心涌起了春天的温暖……

啊！我多么希望在这阳光照耀的地方，花朵可以不断为大地送来芬芳。在那里，人心澄澈，万物峥嵘，青山绿水已成为我们美丽的家园。

记忆中的花朵

那时候，山谷里的暖阳柔软得，就像微笑照亮了每一个行人。我坐在岩石上向远处的雪峰眺望，似乎一眨眼工夫就落在了你的目光里。对草原来说，六月真是一个抒情且浪漫的季节，牧草泛着绿油油的光，明亮而寂静，就如同眼前清澈的小溪，把舒展的心绪投向远方。

而就在此时，有一朵小花在微风中兀自张开蕊，朝向阳光，书写着辽阔的想象。牧羊人仍在那里哼着小曲，他目光沉郁，每一个从嘴里吐露出来的词都被风吹远。鸟声若即若离，寂静仍在延伸，不知不觉中，一缕光恰好就与她忧伤的眼神交织在一起。

"一切都会过去的！"显然那个时候，你其实就是在说一朵花的归宿。

鸟　鸣

幽静的山谷，两只鸟正在嘤嘤耳语。那个黄昏，我走进这些鸟的疆土，静静感受它们的喜悦和温暖，也感受高山大河的壮阔情怀。

是谁在轻轻歌唱，抑或就是在倾诉心中深藏的爱吗？

此时此刻，我心灵的火花被点燃，仿佛整个山都沐浴在火红的霞光里。而远处的山峦，绚烂就如同我们奔驰的想象。

就这样静静地感受鸟儿的情谊吧。感受纯洁和善良，然后，把那个最美的词留给眼前这个世界。

多么美好的生活啊！我又一次走进了大自然。这里山色空蒙，鸟语花香。渐渐地，渐渐地……我已经目送着朦胧月色打开妩媚的春天。

此时此刻，大地上风和日丽，鸟声穿越时空，在我的心头久久回荡——那一瞬间，我就觉得仿佛这些鸟儿才是我们血脉相连的姐妹兄弟。

伊犁河谷春来早

燕子从南方启程时，北国大地上就已经暖风拂面，春意渐浓了。就好像是那一瞬，春阳施展了它独有的魔力，冰雪便消逝得无影无踪！而此刻，伊犁河谷到处都是春的消息。阳光更加明媚、鲜亮起来，所有的微笑都来自人们内心。

看哪！大街小巷满是鲜活、朗润的笑脸，春风拂面，游人络绎不绝……

而田野上，溪水向远处漫溢，地气萌动，倏忽间小草就吐绿了。而这时候，袅娜的春风带给我无限遐思，暖阳也在用自己的方式给我传递喜讯。

我知道春天的旋律已经响起，不经意间，人们已经走出了寒冬。

原载《星河》2023 年秋季卷总第 52 辑

江南散笔

褚福海

水乡的春

惊蛰的雷，贴着河面滚过；春分的雨，擦着屋檐泼来。沉睡了一冬的水乡，眨了眨惺忪的睡眼，连打了几个哈欠，慵懒地伸伸腰肢，仍蜷缩着不肯起身。

天渐敞亮，院子里的樟树上，传来布谷浑厚的歌喉，"咕咕——咕"。几只早起的麻雀，叽叽喳喳，腾上跳下，欢欣雀跃。鸟鸣驱散了水乡的睡意，于是，一骨碌便醒来了！

池塘里，清澈恬静的水，透示宁谧祥和，犹如一汪深邃的眼神；小河中，蜿蜒碧幽的水，泛出莹莹绿意，恰似柔滑绸缎摊铺在那儿。

清风下，柳树冒出了鲜绿的嫩芽，枝条摇曳于明媚里，宛若村姑的秀发在飘逸；河岸边，淡黄色的迎春，好似船娘浅漾的酒窝，绽放美艳心情，点缀着靓丽的春色。

顽皮的燕子，倏地挣脱了冬的羁绊，呢喃着絮语情话，舒展开矫健的羽翼，盘旋于清朗的天空，尽情地追逐嬉戏，剪影出变幻多姿的春景。

家门前河埠的青石块旁，栖息几只青灰的螺蛳。它们悄然吐出触须，优雅地挪动着，执着地迁徙，似在昭告我们——春天来了。

沐浴着晨曦，呼吸着濡湿清新的空气，我信步朝湖边的栈道走去。蓦地，耳边传来"扑通"的声响，定睛一看，嚯，好家伙，原来是条跃出水面的大白鱼，在摇头摆尾地跟我打招呼呢！

春天的水乡，恬静，闲适。她是首委婉动人的歌，她是幅素淡雅致的画，让我沉醉，令人神往！

梅雨润江南

昨夜柔风轻，今朝梅子黄。

枇杷趴在枝丫摇曳时，小草凄惶地抬着头，仰视它的风姿。纵然心生嫉妒，何奈老天不给力，把自己干枯得萎头耷脑。

麦子挺着鼓胀的穗子，沐浴于晨光暮色，渴盼那透明液体的降临，如同足月的孕妇，期待临盆前的洗礼。

尚未长熟的番茄，宛若襁褓里的婴儿，庇荫于青翠叶子下，栖息在弯曲茎蔓上，嗷嗷待哺。迷茫的神色，透露出它做梦都在期盼乳汁的滋润。

清明，流尽了思念的泪，雨水便戛然而止。

那个时节的江南，庄稼干渴难耐，张大嘴喘着粗气。土地也被烤得斑驳龟裂了，纵横交错的缝隙内蓄满焦虑。每寸光阴里，都指望甘霖的光顾。

绚烂的黄昏与奇幻的云霞邂逅，竟孕育出了浪漫的诗章！低垂的苍穹下，飘洒着晶莹的雨丝，如歌如泣，纷纷扬扬，下得幽怨而缠绵。

湿漉漉、腻答答的梅雨，也许曾晦涩了你的心情，阻碍过你的出行。可我依然要感激那纯净的天露，那天使般的精灵——梅雨！

倘没有那润泽无声的雨，没有那饱含深情的雨，怎会有万物的欣欣向荣，怎会有江南的满目繁华？

蝉鸣夏趣浓

渐行渐远的乡情，在蝉鸣中复活，清晰浮现在我眼前。

儿时去山里亲戚家避暑，常在葱郁的榉树下，搁一张竹床，头枕时光，轻摇蒲扇，成全一次惬意的午间小憩。

夏阳灼烈，常扰走我的睡意，便捧一册连环画，心随画行，肆意纵情。远处，传来"知了——知了——"的蝉鸣声，撕碎我的夏日思绪。于是，我一个激灵坐起身，赤着脚丫，披一路烈焰，踩着滚烫的光影，循声进林寻蝉。而那蝉，却趴在高高的枝丫间，不屑地蔑视我。

蝉，栖息树枝，日晒雨淋，处境恶劣，却用心唱出了一首催人奋进的歌。这情，是热爱生活之情，是赞美自然之情；这情，浓烈而不媚俗，悠扬又具意韵。它赋予我们许多启示，也授给我们不少教益。

偌大山林里，树影婆娑中，忽闻鸟语花香，偶见山泉叮咚，好一幅浑然天成的清逸静美夏趣图！大山甚伟岸，蝉鸣出回声，感人肺腑，涤荡心灵，宛若天籁，令人欲痴欲醉。一颗曾经纷乱的心，于"蝉噪林逾静，鸟鸣山更幽"的空寂意境中，骤然归复平和。

而今，栖息在水泥丛林里，已难觅你的芳踪，听见你的靓音。那陌生又熟悉的蝉鸣，只回荡在我记忆的幽径中，间或响彻几声在耳旁。

稻黄柿红时

稻黄柿红时，芦花白了。

我徜徉在围堤上，一任风，梳理凌乱的思绪，吹开尘封的记忆……

青翠的芦苇，挺立于湖畔。轻风中，芦苇柔缓摇曳，扭动着曼妙的腰肢，翩然起舞。透过稀疏的枝叶，我仿佛恍然瞥见了母亲劳碌的身影。

母亲挽起裤腿，弯曲着背脊，右臂伸在水里，细心寻觅着，摸索着，不时抓起几粒吐出触须的螺蛳。偶尔，还摸出一只蚌壳微睁的河蚌。风起水漾，涌湿了母亲的裤脚。可她全然不顾，乐此不疲。苦涩岁月里，母亲用她的智慧，与一双灵巧的手，弹奏出悦耳的音符，滋润着平淡的日子。

深秋时节，湖边的芦花，由浅浅的淡黄，慢慢变成了灰白色。随风飘舞时，犹如坠落的云朵，栖息在枝头。院子里那棵遒劲苍老的柿树上，挂着一盏盏小灯笼。神奇的风，早已悄然把稻谷、柿子渐次吹熟了。母亲倏然反应过来，隐身水里的那些菱藕也该熟了吧。母亲将小船般的木桶抬进湖里，泊在岸边。择个风柔日丽的午后，轻盈地跨进桶内，蜷曲着身子蹲下，用双手使劲划着水，朝菱棵茂密处划去。不时从湖里拎起滴着水的菱棵，茎枝上长有三四只肥硕的红菱，母亲轻灵地采下，略显笨拙地扭转身，将菱扔进木桶中。运气好时，一个下午能采撷上百八十斤果实。

夕阳下，母亲的脸庞灿若晚霞，喜悦溢出她纵横的沟壑。姊妹们缠着母亲，非让母亲烧菱吃不可。慈善的母亲，不顾劳累，生火煮菱。霎时，清香氤氲入房间，鲜活了我们的生活，也温暖了我们的心。

稻黄柿红时，是母亲最辛劳的时节，也是收获幸福的季节。

夜幕降临，我们围坐在油灯旁，品味着柿子，咀嚼着红菱，不禁映显出白日的场景，浓浓的感激之情，油然自心底漫溢而出！

原载《星星·散文诗》2022 年第 12 期

高伟散文诗

高　伟

1. 桃花扇亭

一座栖霞山，半部金陵史。

山绿史红亭翠水潋，古刹声贞净。

秦淮八艳，李香君更是艳绝于一朵桃花。

王侯将相已看透，夜半望月消不尽那许多愁。如果爱到不能爱，死就不比生失败。

香君把额头抵向桌角，尖锐的火焰刺破了南朝的前额，血洒手中打开的扇子。

一只受伤的大鸟比鲜血更垂直地落向大地的一角，桃花顷刻开满了扇面。

媚香楼的旧地址，唤回我回眸中秦淮河的笙歌。

画舫里的呢哝，一枕离歌的起头缠绵与深情、热烈与变节。

红颜欲死的激滟，轻薄了那些直到声音哑了才肯哭泣的男人。美人那刀锋出鞘般的决绝，让桃花成为百花园中的天才，让桃花成为众香国里的情圣。

相公，没有你，就是诺亚方舟免费来了我也不上，没有你的诺亚方舟也无非是个木制的大船，把我载去的最好的地方，也无非是个荒谬的人间。

这人间我领受过，行尸走肉一般地活着，死都死不成烈士。

桃花是偏执的，为爱情而长心的人，死于桃花的偏执。没有心的碎裂和血的喷溅，桃花绝不会随随便便成为一切鲜血中最红艳的花朵。

一万次雌雄关系也抵不过一次爱情，就如一万次男女关系也抵不过桃花一天那么长的爱情。

眼看它起高楼，眼看它宴宾客，眼看它楼塌了。

相公，向东流去的不总是一江春水，还有大水汤汤中的国家和哽咽的爱情。

谁说商女不知亡国恨，不知亡国恨的岂止商女。

就让故事中的流亡、倾诉和离愁，犹如下了一夜的大雨在桃花涧里停住。

2. 我爱上了塞罕坝草原上的夏花

看呢，这么多夏花，它们可都是塞罕坝的孩子。

漫山遍野都是孩子呵，它们有的有着昂贵的血统和芳名。玫瑰冷艳，芍药肥大，春风拂槛露华浓。

我更喜欢那些叫不上名字来的花儿，手机上的识花君也喊不出来它们。

到了夏天，它们二话不说就开了。

要开，就不要命地开，要什么姓氏和血型呢，根本就没打算要一个来世。它们灵丽雅慧，邪邪地开，东邪西毒的邪，一直开到奢靡。

它们是塞罕坝私生的女儿呀，所罗门极荣华时所穿戴的，也比不过这些不要名分的夏花。

它们多么像那个住在身体西部里面的我，迸迸溅溅地活，妖姬那样地开。

我爱上了远方的塞罕坝草原，爱上了塞罕坝草原上辽阔的夏花。

我时常把北方青岛城市里的大海，也看作塞罕坝草原。

从此我看到所有的草原，看到所有的花朵，甚至只是看到"草原"这个词语，听到"花儿"这个声音，它们都像塞罕坝上开着的夏花一样美。

3. 木兰围场：你是宇宙献给大地的神

人间海海，木兰围场是最安静的。

只有木兰围场的安静，是我血液里的那种安静。

木兰围场是旷大的。旷大不止是大，是干净。就如天空之所以大，是因为空。

像草原上的小草那样不说话，像草叶垂下来的头颅那样空。

我就是一棵木兰围场上的草，是木兰围场的十万分之一。

终于知道我的生命本身就是完整的了，不再必须有一个东西，我就能活得足够好。

就是痛苦通过自己愚蠢的头脑再次光临我，不迎也不拒，不喜也不恼，甚至连让它消失的愿望都不再有了。

温柔地对自己说，与身边的事物同处于当下。

现在我的身边有十万棵草叶，它们其实就是化身为草木的神。

如果我是喜悦的，我其实也是一个化身为人形的神。

木兰围场，你是被赐予的。你不是为了给人类看的。有没有人类，你都是木兰围场。人类绝种后你还是木兰围场。

或者你可以不叫木兰围场，你叫什么什么就是你，你不叫什么什么也是你。

你是宇宙献给大地的神，恰巧被我们看见。而已。

当一位神性事物出现的时候，地球的地理历史就会因其出现而调整。

木兰围场，你就是调整地球地理的那个事物，你就是地球上的语言和地理事件。

4. 塞罕坝，你是我的教堂

要写塞罕坝草原，我净手、清心、排毒、合十。

我的身体从内到外必须是干净的，不然我的文字无法靠近塞罕坝。

这个世界兵荒马乱，喧嚷与炮火冒烟咕咚，人脑和机器开始合谋，谁知道是福音还是更大的幺蛾子？

如果没有一个教堂，心就没有洗濯的地方。

我的命也必是兵荒马乱的。我的原罪，难道不和他们一样孽根深重吗？

我的罪呵，多么需要到塞罕坝的河水里面洗一洗。

我在纸上写下塞罕坝，就是在身体里建造一个教堂。

我写下的每一个字，都是朝着塞罕坝转山转水的命，都是向塞罕坝的一次叩首。

原载《北部湾文学》2023 年第 6 期

猎 石

支 禄

一棵草

一棵草落脚石头旁，等于找到了靠山。

草，一旦连根拔起说没命就没命了。风沙一来，草知道天就塌了下来。

风沙来了，草躲到石头下边，不由自主地抬头看见石头让风沙吹得不像个石头的样子。

天亮，风不停下来，说一口气上不来就上不来的样子！在戈壁，看上去没心没肺的石头，咬着牙，挣死扒命地去帮草的忙。

草，眼睁睁地看着，经常以为石头死了。草惊慌失措地大喊：石头，石头。可石头死活说不出一言半句。

风沙一过，听见石头柔弱的呼吸。

草，总算松了一口气。

在戈壁，草头抵在一起，谈论"石"来运转的事。

喊一声石头

石头想事周密，干活稳妥。

一家人过日子还缺什么，石头看在眼里记在心上。

吆喝一声，石头身子一弓，从石匠手底下过去，成石桌，把一家子喊在一起吃饭；成石凳，人干活累时屁股搁在上面顺顺气；石盆、石刀，还做成石炕、石灯，送来源源不断的光明和温暖。更多的石头干完活，拍拍浑身上下的尘土，赶进下一场风雨。

石头看上去六亲不认的样子，可帮了我们那么多的忙，再想想经历的那风那雨，猛地发现石头的心也是肉长的。

喊一声兄弟，石头泪光满面。

骆　驼

地平线上，忽闪忽闪的，是一座座城垛，蜿蜒曲折，是爬行而来的长城。

月光，一次又一次从垛口翻过来，水一样漫了茫茫大戈壁。

骆驼看上去四平八稳，说不定心里压着一块石头。否则，荒凉从头顶灌下来，肉长的城垛，早已溃不成军。

风沙来了，骆驼迎上去不断地淘洗身子，一次次沙浴后，整个身子如大雨洗刷的城墙，里里外外明光烁亮。

一步一步丈量茫茫黄沙天。

一路像顺手牵着戈壁游走。

当辽阔的天空合上蓝莹莹的眼睛时，猛地发现骆驼取出内心的石头，像一只只白色的布袋搁在沙丘旁晾晒。

风吹着，滚过来又滚过去。

一个遥远的梦，像从大地拂着遥远的星球。

望　天

一个人在大漠戈壁坐上整天。

抬头，云朵心事样布满天空；低头，石头就跑来陪在四周。

石头知道人又开始想天上的事情了，可自己没有上天的本事，也就为人类取不回月亮和星星。但石头从不趋炎附势，帮着叹息一两声，或者痛哭流涕，这些麸皮撩梢的事，石头根本干不出来。

那么多人望天，再望下去说不定望一两个窟窿就不好办了。闪电看着看着，不由自主地吼了一两嗓子。

村庄摇晃，石头赶紧走过去，一屁股蹲在抖动最厉害的旋涡上，一下子稳住了，像世界上根本没发生闪电掀翻村庄的事。

天塌下来，石头从来不拖拉，三步并作两步冲上去赶紧顶。

一棵树

风沙前脚踏出门槛。

一棵树土头土脸从沙土中爬出来，把叶子往高处挂了一拃长。气势汹汹的风沙来时要树的命，现在风沙去了，能挂高一点算一点。

戈壁春天的活，一棵树承包了。

沙子、石头知道有春天这回事就行了。树就不一样了，里里外外地忙，忙得都来不及脱冬天的衣服，现在看上去浑身上下灰楚楚的。

连缓一口气的时间都抽不出来！

干得满头大汗，嗓门冒烟冒火。

一块石头看在眼里，心想，在戈壁不管是谁，只要像树一样勤快一点儿，一星半点的梦早已挂到高高的天上，道理都懂却搁下来，一直没有做。

石头要做的是镇住茫茫黄沙，一心一意多给些树干活的时间。

石　头

秃头秃脑的，围在一起商量事情！

一个个像村上早些年走失的人，满世界走着走着，一场风吹来，自然而然就碰到一起，坐下来谈论远去的风雨，也预测将来再落上几场，一辈子就走到头了。

嗓门的火，催命的鬼。

中间一堆子雪，还不到融化时，伸出手不停地用光亮凉着自己，对于一个行走戈壁的人来说有时冷比热还管用。

此刻，风猛地吹来，事情看来一下子变得很急。

得快点办事，否则，让风沙堵在半路，吃不完就得兜着走。

等返回时，风沙慢了。

一个个人不翼而飞，像在另外的地方找到了活，又开始忙开了。

岩　画

戈壁，男人生来就是一块石头，才有把握用目光牧放天空的鹰。

现在累了，一个蹦子跳到岩画上。风沙再厉害也吹不上来。苍茫佐酒，和岩画上的人对饮，拍一把胸部哐当喝一大碗。一个上午干完了大半个天空的蔚蓝。

石头滚动，隐约雷电响动，偶尔，眼皮子象征性地撩上一两下。

对岩画深处的狼虫虎豹之类更是不屑一顾。瞥一眼，动物们乖十天半月的。隔着月光，等于隔着茫茫大雪天。眼光放长远一点看到靠近人得花五千年的时光。

岩面上酒气飘荡，一碗一碗擦着岁月留下的刀伤。偶尔碰杯，碎银的响声落成一场铺天盖地的白。

一下子白了整个塔克拉玛干大漠。

西北偏西

一块石头蹲在沙梁上，一动不动望着西北偏西。

一眼了然，戈壁看上去哪儿都可以走一走。望了好长时间，大吃一惊，发现哪里都去不了。

神秘的光，横七竖八宛如刀刃立在沙地上。

看那锋利无比的样子，许多事就暗了下去。

刀光，划伤一个人的脚，甚至一个人的心。

光芒一闪而过，从雪山起飞的鹰，一时间没把握住，一不小心栽了一个大跟头，直直地掉在大石头上。

"嗵"一声，天地间，溅起淡淡火花。

戈壁村

午夜，月光齐刷刷地像麦地。

风来，全是麦子黄了的喊声。

从戈壁深处，一高一低漫不经心走来的石头就像羊群，到了村边，死死地搁在边上，不进村也不走远，凝眸不转地望着天象。

一颗横穿天空的流星下界了。

一路奔逸绝尘，飞进右眼，片刻，又从石头的左眼里飞了出来。

后半夜，天地越来越空阔。

牧人天亮要是不来，石头就要等到天亮。

一辈子不再回来，就要等上一辈子了。

原载《星星·散文诗》2022 年第 11 期

老屋之恋 [外一章]

张　萌

　　婆婆的手停在了年前。

　　跟随了她八十年的风霜雨雪，还有阳光，都定格在了老屋后的那片竹林里，一棵高大的柚子树写满了她人生的沧桑。

　　病榻上她仍旧白皙的脸庞，深深地嵌进了我的心；一双瘦骨嶙峋的劳动的手，因病痛不停颤抖。

　　我知道，这颤抖里有她六个孩子的不舍，每颤抖一下，竹林就长出一片新叶，老屋就如浴一次春风。

　　竹林啊，你那么有活力，莫非是婆婆的青春在你的根系。

　　竹林啊，你那么绿，难道是婆婆的雨露滋润着你。

　　我暗自祈祷，如果神明永恒，那么老屋从此与春风为伴。

翠绿人生

　　蝉鸣开始撕裂，仿佛这声音由低至高，从树干直升云霄。

　　我的夏日已过半，湖边的翠绿旁逸斜出，难道是在向我发出邀请？

　　也许烈日下的生长唯有阳光最猛烈，但我只钟情这叶片，这草地，这安抚尘世的绿荫。

　　如果用绿色武装八月，那么蜻蜓将给我带来儿时的光阴，那时的我身着白衬衣，胸前是绿丝线绣的小鸭子，走在宽阔的街道上，不知梧桐，不知忧虑。

柚子树以它的深绿，根深蒂固地渗进了我，一个成年女性的世界，时光时缓时急，水深处晨曦解救了我。

于是我爱上一大片绿，它们是我窗前的神，这些穿越而来的小翠绿，油油的，仿佛我前世的歌曲，唱得八月诞生了很多神奇，比如我，比如一朵叫江南的白云，比如徐徐清风居然夹杂着故乡的低语。

现在，一大块绿来到了我的长裙，它们手拉手，它们问我，可不可以把我的裙装染绿，哦，这是多么荣幸，我不用出门就能和大自然并驾齐驱，这些绿，是初春，是白居易的那一首诗词，是春雨的生生不息，是花儿的母亲，是我与儿子的生命，是大地的赐予，是一场奢华的设计。

我不再静谧，既然被垂青，那就破土，那就赤足走进暴雨的胸膛。

原载《星星·散文诗》2022 年第 10 期

乡 道

林水文

快乐隐匿在路上

村庄里有着无数的路，蚂蚁或者虫儿们的路。路上繁忙，来来往往，尘嚣绝上。

各种小路，供人行走或牛狗鸡鸭散步回家的路。分岔或网状般，走的方向各有选择，到达的目的只有一个。

回家，只是路上的风景各不相同。

一些路是鸡狗们先走出来，一些路是村人顺便到另一个村探访串门刻意走出来。

他们不会为选择哪条路到达目的地大费精神。每个选择都早已选好了，就像命运将他们投到这里。时间早一点晚一点也没有所谓。

有些路可以说是某个人专属的路，那条路只有他走，其他人是不会走的。

当某个人改变了走路的方向，或他离开村子到远方去，或死亡了，那条他曾经走过的路再没有人走过了。

路死亡了。他的路长满了荒草，成了虫蚁们的乐园。他的家园彻底荒芜了。

荒草时刻和村人争着地盘。稍不留意，荒草爬过你的家园，前后都没路。随处可见的荒草丛生的路，消失在前方。

一些路又在其他地方长成，像大小动脉长成运行，涌动着村人的生活。

孩子们无疑是路上最活跃的。

每条路，他们都精通。每个角落存在什么神秘事物，他们都知道。他们追着虚幻的事物在每条路转来转去，一只蚂蚁，一丝野花。

身后是老祖母深切的呼唤声，他们的快乐隐匿在神出鬼没的路上。

寒　夜

火在跳舞，风跟着村子的吠声推撞着柴门，一阵阵。母亲说："火在笑，有客来。"但家贫屋寒，谁会来呢？村子寂静，吠声吵醒月光。

炭火微红，姐姐煨着番薯土豆。香味飘啊飘，落在我们的身上，落在更远的地方。我们时沉默时谈着笑。

夜开始走入深处，风那么大。父亲有时出去看一下天空想着心事。捧一把干稻草给牛栏里反刍的牛。拍一拍牛头，像兄弟般亲热。拾几把风吹落的枯枝，转身回来把柴添上，火更旺盛。

他和母亲聊起清凉的月光，一季的收成，聊起在外谋生少回家的大哥和二哥。燃烧的草木灰飘啊飘，翻身变形又落在我们的头发上。像下雪般，我们灰白的头。

冬天没有雪，母亲却说有雪在咬脚。月光和草木灰，落到衣衫上，灰白灰白。母亲说，你还小，看不到雪。人世间有多种雪，悲伤的，欢喜的，势利的……

风吹过树枝吱吱地响，枯枝啪一声掉落，像谁深深的叹息。房子老旧，挂满草木灰的蜘网。一只老蜘蛛在看着我们。

火光中，他们推开柴门转身离开。

现在只有我和老母亲守着一堆熊熊的火。火烧着一把把父亲当年种下的柴木，它们长到一定的程度就不再长了。

风乱撞着门，夺门而出，奔出村庄，奔向旷野，头也不回。

红 蟹

红蟹在红树林的树根下，一听到我们的脚步声，迅速钻进洞里。它的身影比我们的目光还快，比闪电还快。

闪电照亮茂盛红树林的世界。一些隐秘的事物露出头。

它走过的小径仿佛很快恢复原状。头顶上的红树林被海风吹一下，又重新回到原来的位置。像从没有发生过。

一个蟹一个巢穴。会不会一个蟹有两个巢穴，甚至更多；或者一个巢穴有两个蟹，甚至更多，像人类一样。

风吹江水

大雁翅膀掠过江水，往南，再往南，城市的轮廓逐渐消失。

江水那么汹涌，那么辽阔，容纳人世的悲伤和星辰。

风过江水，帆影点点，抽沙船日夜走过。湿淋淋江水，夕阳下泛着金黄老虎。

小小的渔船摇过，一片落叶，蚂蚁过江，像命运抵达该抵达的地方。

风吹拂着渡船，吹拂着过渡的船客，吹过他们内心最隐秘的心事。

江水曾有过浑浊的眼泪，风吹过江边的屋舍和低矮的树丛。弯弯曲曲，千百年过去，大江为谁改弯换道？

风过羚羊峡口，到金渡。风没有什么目的地，吹着岸边的苇草、两岸的暮色。风吹走了雾霾，吹走了黄昏，吹过西江，越吹越孤独。

乡 道

Y817乡道像Y分出枝丫，在某个路口会蹿出几个村子。

树枝丫间隐藏着果实，茂盛的桉树林奔跑、起伏着夕阳。路深林密，曾出产过土匪强盗。

它经过老虎岭。老虎闻其声不见其形。人有虎心，从桉树林跳出几个少年敲打过往的路人。

一条乡道像龙般盘旋浮现山岭间。在他功成名就时是小山路。他极少行走在这条路，欣赏沿路的桉树林和野花。远远把夕阳留在身后。

一年只有一次，清明祭祖。它只是父辈的故乡。

他想起年少时从海岛居住地回到祖籍地的尴尬，村人不识其人，像异乡人被人观看、议论。

戏台前面就是这条乡道，多少人穿州过省赴京赶考。村子的戏台上演着粤剧《六国大封相》。鞭炮声诌媚赞叹声再到冷声冷语，从戏中再到戏外。灯影凉凉，唱词依稀。

有多少在外的乡人愧于谈论这条路，一个人的乡道。

茂盛的桉树林，枝叶抖颤的星星，路边的含羞草，阳光的光芒被桉树林遮挡。

孤　独

蚂蚁在搬运糖纸，一点点的甜蜜让它们乐此不疲。五彩的糖纸像多棱镜变幻着色彩。你坐在草丛里数蚂蚁。一群蚂蚁打着旗子出门了，又一群蚂蚁回家了。

村子里最后一缕炊烟绊倒在一棵树上，它在张望远处的大路。一朵小花蕊跟着蝴蝶在暮色中私奔。

你爱过孤单的鸟鸣，冬天它们把家安在树枝上。吱吱喳喳，春天的早晨，他们飞走了。

他们跟着火车跑，把你的童年扔给年老的奶奶和围着一只老母鸡，他们把奶奶扔给一把拐杖，一把从门前老树砍下的树瘤。

相处多日的蚂蚁兄弟们搬家，一只蚂蚁搬走，另一只蚂蚁搬走……最后一只最小的蚂蚁也搬走它的小玩具。月亮都爬上树了，爬上空鸟巢荡啊荡。

数完这群蚂蚁，蚂蚁爬上了你童年寂寞的尾巴。老祖母的呼唤声沿暮色爬过来。

我的马

我的自行车停在树下，它就是我的马，游侠小城的马。

它不嘶鸣，不吃草，静静在树下等我。它唯一的缺点，有时掉链子，让我在马路带着它步行。

不过这不算多大的缺点，我可以看着城市的河流流向荒原背后消失。灯光穿过它的身子。它闪烁的星子眼睛。

它咔咔吱吱，像匹老马无忧无虑。它不会无缘无故地上路，它等待着我的召唤。

在暮色中穿过街道，可以看见小城的天空，那些细微的快乐在飘荡。我相信它也是像我般快乐。

在小城的深处，像它这样的马已经很少了。

我的自行车还在等我，我也知道他在等着。但我有尚没有完成的事情。就让它等吧，等待着它命运中的骑手，带它上路，看尽小城冷暖。

黄　昏

黄昏，如一辆古典的马车疾驶而来，空无乘人，一路散下梦中黯然的花。

在村子寺庙洪亮的钟声里，暮色降临。

黄昏的空中，飘荡从田园里逸出的炊烟和昆虫。

放牧少年的笛声在黄昏中，悠扬。秋虫的歌开始长吟短唱。在雾霜的路上伸长，以秋天的意绪生长。

黄昏里，草木沉默不语。农人间或走过林边，抵达自己田园之梦，而这种梦又另有一种沉重。

道路远了。青山模糊了。

一个个梦幻的影子，如一个个梦游者在冥冥中寻找什么。

鸟儿寻找巢，游子寻找家，在异乡的我要找什么。

我想念着劳碌的牛群从村路缓慢走回，打着响鼻，从挣扎到安于宿命。

我想念着村庄慢慢地走进夜色，飘荡着母亲的乳香。

对于黄昏，我有着孩童般迷恋。在他乡，黄昏另外一些东西浮现。

奔走的人，沉默的夕阳。炊烟消失的地方，大地起伏，亲人埋葬在那里。

秋 风

秋风起，黄昏挂着腊肉，它一点点收紧，努力保存着自己最后的味道。

一群蚂蚁浩浩荡荡举着旗出门去。风吹啊吹，走失那只长胡须头领，吹散整齐的队形。

一万张幕布般灰尘卷过来，像婴儿的啼哭，呜呜呜。云随着炊烟涌入狭窄的楼巷。

风卷动着那些隐秘的事物，它们身不由己，在力量的加持下运转。命运往往就是这样。

人们关上门窗，把夕阳关在屋外，秋风吊在空中。

它们像民工进不了村，入不了城，深夜徘徊嗷呜地低鸣着。

人们在夜深人静时侧耳倾听它们是否走远，像倾听秋天的走过。

走散的蚂蚁报告着最新消息，秋风在徘徊。

蝉壳飘落，像一种旧疾，星星蜂拥在天空，揭示秋天的秘密。

原载《诗潮》2023 年第 9 期

梅林春雪

罗国雄

雪后茶山

出卡莎莎民宿，银装素裹的世界，晶莹洗尘。琥珀里的时间，为一瞬间的永恒停留，就有了物我两忘的视角。

踏雪寻梅至崖畔观澜亭，熹微中睡眼惺忪的群山，半边脸还埋在梦中，继续蒙受暖雪的恩宠。

"层峦叠翠白云悠，壑谷青林掩碧流。"大如席的雪绒被，也盖不住"夜饮东坡醒复醉"的云上福来村。大地的指纹，隐现带根栽培的乡愁——纤纤金茎的茶树，紧靠在一起，仿佛还有更大的忧伤，更深的寂寞，在那里潜伏。

一抹晨曦撒盐，轻抚周家沟、唐家山、柏香、后池、苾坝、苏坝、袁家溪……脉搏上朝夕相处，耳鬓厮磨的迷魂。山水凝固的苍茫，裂开一条条缝隙，溢出的都是绿色的泪滴。散落在冒着热气的台地，像在下一场新雪，给守望相助的烟火彝寨，追肥。

无人机镜头里，"紫芽连白蕊，初向岭头生"。雪泥鸿爪，走得愈疾，愈能集合茶马古道上的远芳，赴莲花山的盛宴，也能让朝马边河一侧方向，与那片鹧鸪天破雾交出的声韵学，产生共鸣的一茬茬嫩绿和青翠，微微闪光。

采一瓶雪萼回城沏一壶茶，冬眠后积攒了养分的山水，就又活了。弥漫的氤氲茶香，如愿绕脑回，饮一瓢绿雪，野春会在身体里一点点地醒过来。坐望云起，心归处，即为家园。

一首诗还在路上，借千丝万缕飘出愈远，愈温暖的香醇，为梦止渴。旅途摇晃得沸腾，给彝乡写一封信，让纸上的青山，生一朵朵祥云，在胸中盘踞。再下一场清明雨，淅沥断魂的思念，字里行间慢慢返青。

梅林春雪

本该下在大风顶草甸上的一场春雪，下在了世外梅林。

在田野、沟壑、山坡和房前屋后点灯，能扶正时间，暗香浮动。

红梅蹁跹似故人来，身后跟着湿漉漉的闪电。疏影斜枝上的点点梅蕾，朵朵梅瓣，都是这个春天名字叫抱琴、司棋、侍书和入画的丫鬟。

风吹梅林的花晨夕月，一座山谷的幸福，是穿针引线春光的阿咪子，不知道自己也成了风景。我在她彝绣的香囊里，读到了一行缠绵的诗。梦里山重水复，若有阴晴自如的野气，疏通记忆，就有无限的声息，隐于更深的花海。

远去的马边河屏住呼吸，去嗅世上最轻盈也最烫声带的雪蕊。就怕那三千繁华，一树孤独，化成泪水，掏空随气温逐渐回暖的身体和灵魂。

在马边梅子坝村，多想飘过窗前的一朵红云，停下来。

那些在心里生根、发芽的一朵朵春雪拱破云雾的迷津而出，替我找到春天的诗眼。

旧手机里的蛙鸣

草木清欢的气息扑面而来——

迎夏柔黄。遍地野草莓，像随手可摘的星辰。蒲公英每飘落一朵，时间被包裹的心，就一点一点绽放出芬芳。

漫过溪泽的黄昏，从唤醒卵囊里的蝌蚪开始。湛蓝的天空和只此青翠的大地弹奏白云和流水。人迹罕至的挂灯坪拥有鸟雀的低吟浅唱，即便外出觅食，也不会打扰内心的那份宁静和恬淡。

临渊羡鱼的人，还有一个身体在回忆里露营，灵魂转瞬遁入细微的雪粒，和蛙鸣交织在一起。

上善若水。导出一段蛙鸣的录音，已是六年后的夏至。如果逆向输入，会有一条自带仙气的驴友小路，接我重返内心的蛮荒之地？能目睹，废弃的石柱、石墩、石板上，残存的雕花，还在学毕摩经诵彝族神话史诗《勒俄特依》，就能见证时间折叠在岩石上，或者流水里。

我从"咕咕咕"声里提取到山中每个夏日蓬勃涌动的凉意，来校正女人的捣衣声，或男人的击壤歌，慢慢吸引旧手机里沉默已久的联系人，都醒过来。

风中的篮球少年

背靠烟雨高峰的球场，如飘过来的一片蓝天。

穿白色、红色 T 恤的少年，穿梭在夕阳下。晚霞能做到的事，就是让大小凉山第一寨广场支格阿龙的塑像，披上金色的光芒。

风从田野吹来，翻过了大院子河，场边堆放的衣物和往事，也被风弄痒了。技巧与力量的抗衡，争夺，在漂亮的快传快攻中转换。一条龙上篮，或者三分线外射日的后羿，稳稳命中的是幸福的尖叫。

连此起彼伏的喝彩声，也在给风让路。继而引领闪烁的星空，入住宣纸上的梅子湾村。让夜的咸泥腥沙，蛙鸣虫吟，与淡淡的草香，融化掉每个人身体里的积雪。

原载《星星·散文诗》2023 年第 9 期

四月短书
——写给外婆的短文

杨剑文

1. 大风掠过

大风掠过。

院子变得干干净净，仿若你刚刚打扫过……只是，还缺一点小雨，像是少了一道打扫庭院前洒水压尘的程序。

"少就少了吧！"

风，缓了一些，像是你哮喘咳嗽的间隙，有了一会儿短暂的平静。

"事情已过去了，一切就过去了！"

风又小了一些，像是又听到了你对某件事的宽容与谅解。

大风暂停。

阳光从沉沉的云层中射下来，有温暖的气息。

只不过，太短暂，太急促。

大风又起，掠过新盖的楼房的仿古屋檐，掠过空荡荡的院子，掠过刚刚搭起的灵棚，掠过你藏在玻璃相框里的目光……

"外婆的目光，一点一点温暖了我们的泪水……"

大风刮吧！

但愿，它能刮走一些东西，比如外婆的病痛，还有她对生活的沉重叹息。

是否，这一场大风，也是另一种叹息呢？一声长长的叹息穿过一个人的一生时光……

2. 取暖的拐棍

前几天下过一场大雨。

这几天又开始刮大风，陕北的春天刚刚迈出去的脚步，又被倒逼了回来。

天气骤变，冷风似刃。

"外婆一生怕冷，跟随她多年的拐棍，也是特别怕冷……"

此时，外婆的拐棍正靠在暖气片上取暖呢！它像是早已预料到要有一场远行，需要一点一点积蓄起更多的温暖……

渐渐暖和起来的拐棍，会带着外婆走上一条温暖的长路吧！在大风狂卷的四月，想象着那条温暖的长路，路两边一定开满了各色的花儿。

3. 外婆的村庄

外婆坐在路边，望着大路口。

整个村庄，安静地落在夕阳下，像是一只打着瞌睡的大鸟儿。

此时此刻，村庄上空，纯净的云朵正在夜色来临之前急促地变幻为鱼鳞，变幻为羽毛，变幻为河滩上晾晒着的一片片碎布头，变幻为一双双千层底布鞋踩出来的脚印……

记忆若河，在源头处，倒映着外婆拆洗布头，一层一层粘贴鞋面，一针一线纳鞋底的画面。

只是，记忆中泛黄的画面，有一种易碎的脆薄，有一种辣眼的气息。

此时此刻，云朵下的村庄，正在升起炊烟，响起鸟鸣，奔跑野兔，生长庄稼，盛开花朵……即将在夜色中一遍一遍讲述这片土地之上的古老传奇。

云朵悬浮，外婆端坐在路边，长久地望着路口。

——这个情景在记忆中描摹成一幅油画，并装上了一个恒久不变的边框！

但是，这个云朵下的村庄，却是每天都在变幻着，朝着预设的蓝图，朝着虚无的记忆或者想象变幻着。

唯一不变的，是坐在村庄之前的外婆，还有她望着一条长路的目光……每当想起这些的时候，这个村庄从此之后就有了另外一个名字——外婆的村庄！

4. 种在记忆里的苹果树

那棵苹果树，长在外婆家的院子里，也一直长在童年的记忆里。

夏天里，树荫盖过了大半个院子，未熟透的青苹果散发着一股青涩的香，早早就占据了院墙外的道路，还有村庄早晚升起来的炊烟的空隙……

这一树的苹果正在一点一点地熟透。

渐渐浓郁起来的果香，还占据了夏夜的梦境。

梦境里，有一双苍老的手，把熟透的果子一颗一颗递过来，然后一个一个装满一个孩子的所有衣兜。

梦境穿过夏天，穿过童年，穿过记忆与漫长的时间！

当秋天来临的时候，这棵苹果树安静了下来，一只一只飞过来的鸟儿，把一个又一个梦境种植在了树梢上……

整个冬天，再加上大半个陕北的春天，这棵苹果树都站在院子里，长伸着脖子，高举着目光，像是在等待着什么——仿若外婆站在路口，望着村庄之外的大路，等待着什么……

5. 鞋底上写下的汉字

灯光下，外婆穿过鞋底的长针，在布面上留下一粒汉字，然后是半行诗，然后是三两句歌谣，再然后是一段故事……

"再然后是一段平凡的人生！"

八个女儿的鞋，一个儿子的鞋，

再后来，加上一大群外孙子外孙女的四季更换的鞋，都是外婆一针一线缝制出来……然后，默默看着这一双鞋，走出一条路；悄悄注视着那一双鞋，走出一段人生故事。

若是，一双鞋就是一首诗，

那么，外婆一定是一位著作等身的大诗人，

然而，外婆却不会写一个汉字，甚至都不会写自己的名字。

回溯一段记忆，打开时光长河中的某一年，

在某一个季节的深夜，在明亮的灯光下，外婆穿过鞋底的长针，留下一个长长的线疤。

"人老了，眼花了。"

那一道线疤，仿若一行诗中写错的一个汉字，闪耀着刺目的疼……

6. 四月的疾病或者疼痛

疾病，或者疼痛，是否有颜色呢？

如果有，那么一定是白色。

四月，外婆的病痛，让我们看见道路之上裹上了一层白色的薄膜，村庄之上镀上了一层白色的薄冰，

还让我们看见，树木举起了白色的目光，瞭望着一片被细密的盐粒覆盖住的大地。

四月，狂风卷过，村庄深处有一片疼痛的大地。

花朵蜷缩在枝头，如外婆蜷缩在病号房里的白色床单上，忍住疼痛，忍住思念，忍住牵挂，忍住不舍，忍住……

忍住！然后，急促地一口一口呼吸着对这个世界的留恋！

窗外的月亮，蜷缩成大半片苦药！

这个四月，大风刮过。

最后的疼痛，用最重的分量压住了外婆最后的呼吸……在这场大风中，真正地读懂，疼痛也是有重量的。

疼痛，在村庄、大地之上蔓延开来，在四月蔓延开来，在时间深处蔓延开来。

像水一样，淹没记忆；

像盐一样，腌住记忆。

7．兰，是一首长诗的标题

兰，是你的名字。

写在一片薄瓦上，埋在黄土深处，随你而去……

兰，也是一首长诗的标题，搁置在案头之上，悬停在笔尖之上，

等待着一支瘦笔，蘸着泪水起笔书写。

然而，书案漂浮，笔尖沉重，泪水成为一条河的源头……泪滴是一粒粒透明的文字，有无法解读的深奥意义。

时间没有暂停，思绪逆着时间回溯，在时间之渊里打捞着一首长诗的关键词……然而，更多的时候，是突然降临的长久沉默。

在一页纸上，暂时写下：

"外婆，每次我听到'外婆'这两个字的时候，都会有一段突然降临的长时间的沉默，那都是对你恒久的怀想与思念……"

还要再写一遍你的名字——张怀兰！

"外婆，张怀兰！"

反复念叨，反复吟咏，只为铭记与怀想；

还要在文字的账簿之上，暂且记下：兰，是一首等待书写的长诗的标题……

原载《油脉》2023 年第 3 期

辑 七

结庐在人境

刘双隆

结庐在人境

我结识三千里桃园，备足老酒。爱上这人间黄铜灶旧，在大地上种下故乡，种下一座秋天。

亲人故旧迎着十万束朝霞，在归途里步履蹒跚，背囊中的儿女情长，"蠢蠢欲动"，人们庄重其事地把每一天盛装打扮。

走完这一程，再有一万一千里。

届时，在马背上迎娶新娘，在春天里为儿子沐浴；届时，与妻子学会驯化野马，学会经营菜园与爱情，学会开垦荒芜和仇恨。

如果哪天我们猝不及防就老去，请允许我带走曾经种下的秋天和故乡。

我想：它们应该早已丰收，拥有了这些，就足够了，足够了……

在低微的尘埃中遇见钟情的事物

月亮之下，无需赘言，此时此刻，我们心照不宣，草木正在生长，羔羊走在人间，尽管子夜即将逼近我所居住的陋室，尽管春天大势已去。

我终将以黎明为傲，以成千上万束朝霞明志，再仰视这低微的尘埃——阳光自由散漫。一些藤蔓精力旺盛，初生的牛犊奔走在长满苜蓿的草地里。亲人们席地而坐，热衷于谈论过往，谈及玄之又玄的故经。

晨曦终将来临，这一世，面向阳光终成定局。

在夜晚回到故乡

春天回去了，秋天也将回去，我熟悉的冬雪落下，在一万个田野里，生长着欣欣向荣的榆树和山羊，他们并不知晓自己的姓氏及籍贯，或许他们不知晓有远方，有铁路，有大厦，只在乎现在或者今晚是否有霜，是否有草料，多么美好的生命！

我突然想到很多年前，异地做官的祖父的二祖父，夜半回到故乡时，高大的棕毛马发出沉闷的马蹄声；想到春天即将在某一天夜晚戛然而止，土地里寡言的麦苗顿时喜笑颜开。

我也是瞬间喜欢上了这个故乡，不知道什么缘由，曾经逃离故乡时也是一个夜晚，月亮悬在中天，打铁的五爷把炉火煨得旺盛，没人知道我要去哪里，甚至包括我自己。

如今，故乡依旧是原来的故乡，那些行动敏捷的山羊，那些生长在麦田里的棉蓬，和令我悲痛欲绝的坟丘，我爱上了这个笨拙的故乡。

此刻，我的妻儿归来，黎明归来，一万束春天归来。

黄香沟

这是一个安静的午后，分水岭从云里爬上来，慵懒地睡在那里。风好大，似乎是要吹灭一些倔强的水的威风！我一想到那些还未曾谋面的水就要分道扬镳，就潸然泪下！风好大，吹着我倔强的眼泪！

露骨山终究是孤独的，他孤傲得像古籍里的才子一样。那么恃才傲物，那么傲视群雄！你看，他又疾恶如仇，把仇恨像刀子一样插在肩膀之上，寒光闪闪！不，那是寂静的雪覆盖住了滚烫的心脏，那是白发三千丈的英雄！

呵！席地而坐，青草簇拥而来，小溪簇拥而来，牦牛簇拥而来。我知道，此时此刻，我是属于黄香沟的！

或许在我的心里，早已修筑好一座木质屋子，镶嵌好成千上万束风铃，驻扎于此，永无归期！

原载《散文诗世界》2023 年第 3 期

行吟: 印记

雷黑子

姑苏: 新果

——姑苏是一棵万年的树, 结满了天堂的故事。

姑苏的呼吸, 尊重每一片叶子的梦境与感知, 留下清新。

古树新枝。

自从姑苏成长到青年, 两千五百年来, 再也没有老过。(据说姑苏所有的白发, 都被伍子胥移植到了自己的头上; 据说水城威尼斯的小名, 叫西方姑苏。)

一声长嘶, 牡丹亭传来昆曲千回百转的惊叹。万千霓裳低吟浅唱, 不及吴侬软语的素颜。

所到之处, 我能听到的是泰伯依旧坚实的跫音, 看到的是温泉里硅酸的热心。两万条河道, 你能猜出多少参天大树的脉络; 三百眼湖泊, 展现着天堂变幻莫测的微笑。

时间无法遗弃苍老的习俗。

时间, 当然也无法定格在枝叶茂密的高新技术。书香在从不缺席的驿站出借着一本本奇遇: 我能确定创业的仙女, 何时在沙家浜传授苏绣的技艺。

载满了我柔情荡漾的心船, 游弋在河道明镜的背面, 古胥门从来不会拒绝任何一个元宵的相机眨眼。

有一把扇柄摇着蓝天的扇面，畅游在桃花坞经久的年画里。

我在年画里，寻找着一场鼎盛的爱情，圣骨里蕴藏的丽娘，在燃烧的牢笼里归来。留园路三百三十八号，十二峰厮守着一朝又一世迤逦的眺望，云在不二之亭的某片瓦下，谜一样憩息。

揖峰轩四肢抽离了晚翠，冲刷着我揪心承受的无字虔诚。

谁安慰我，李公堤不是味蕾的精神之粮？

严忌忽然就睁开了眼睛，舒心大笑三声，舒啸亭声情并茂地开始比较天堂与今世的差距。如果你在寻找灵魂的安放之所，请跟随我，在姑苏放心地摘下舟车劳顿，风一样悄悄嵌入。

周庄: 乡愁

——周庄的乡愁都挂在路口，每一位游人，都会情不自禁地采摘，悄然带走。

任何的词语都如单薄而过的衣服，难以体现周庄身姿的柔美。

小桥是不用驯服的承受，躬身而不屈膝，护佑着长镜里岁月的浅唱。流水并没有离去，它只是在以流动的方式浸泡和谐，把身体里的阳光，用最闪耀的波磔，以音符的口吻，为我们递送大地无上关切的拥抱。

流淌了三千年的韵律，仍旧以稀有的生命体挂上了历史的表盘。旋转，敲打着每一位游客的心鼓；驻足，踏击着每一所房子的心跳。

路过周庄的历朝历代，商贾骚客，无一不枕河而眠，缔造着神仙也无法抵达的水墨圣境: 毫无乡音的乡愁。

钥匙桥下，珍藏的是天堂通往周庄胜景的密码，还是周庄通往人间秘境的月亮锁？

在这里，一个隔空问安的夜里，只有你和我，驾驭着幽幽的小舟，挠着雅致的桥洞里，月亮悠闲的腋窝，任由鳞波间绝妙的欸乃歌谣，荡涤心旌无法静止的深思。

隐约身披着不安，天堂面戴着薄纱，唯恐丢失在美梦与噩梦的交织里。

命运之神从来不需要找回。这就是江南，这就是苏州，这就是游客们采撷的乡愁，仙女们戴上戒指也不会放手的故乡。

浑然飘绕着炽热，无端地徘徊，大龙水缸囤积着上古的仙女泪，只有阿婆茶的陶罐，才可以舀出胜利者甜蜜的露珠。

沈厅显现的不仅仅是富裕的足迹，更多的是周庄对人世间的思考。

一文不值和弥足珍贵，都在面临后人眼神挑剔的审读。万三蹄和万三糕的区别，有品尝者的寡众，也有新时代民心调制的全福口味。

该留下的，诗翁已封存在七进五门楼的庭院；该流传的，周庄已安置在丝弦宣卷的船头。老百姓眼里的盛世周庄，不仅仅熔化异乡的步履，溶解憔悴的忙碌和辛苦，更能抚平商业丛林重创的心灵疤痕。那些万无异物的精神虚空，都会感化成八百间河枕上乡愁的轻柔。

你若乘坐着兴致而来，我定邀你荡舟采摘。

即墨古城：一鸣惊人

——即墨的情怀语声上，形容大；即墨的琼楼非梦乡，醉童心。

这世间尚存一条通往即墨大夫府邸的声带。

拉魂腔。

一条时间的利刃永远无法割断的韧脉，一声携带着千年叹息而从不忧郁的乡音。

即墨古城，谁与圣者的灵魂对视？

想象与完美的青春，在哼唱里熔铸成一架来自战国的马车。临近墨水河的时光旅行者，在一个富饶的献策里，赞叹一生。

墨水河旁，没有享之不尽的窒息荣华；城池之内，只有美景酿造的醉魂老酒。

虽然，酒酩还沉浸在秦汉最隐秘的储柜里。

呐喊如此揪心地放弃了低沉，崇仰着美好回荡的古意今声。

胶东一枝花，不是最美的青岛女儿；拉着你魂魄的，也不是悠扬的幸福。

一鸣惊人的，是盛世里父老乡亲一声情不自禁的哼唱。

一串串的珍珠，带着睡意，开始用史册中的醴泉，清洗脸庞悲惨的尘埃。

那些少数被劫难窜改的词语，已经被云蒸霞蔚的鹤山神泉，删除殆尽。

即墨古城，从黑夜的眼神里走出。

即墨古城，从上苍最具艺术感染力的手掌上，赐给我们悠扬的福祉。

即墨古城，每一次的行走，都斐然着四千年披荆欢快的奋斗。

原载《星星·散文诗》2023 年第 4 期

炊烟的标记

杨泽西

麦秸秆

麦子被收割之后，就只剩下麦秸秆，成为麦子曾经活过的证据，它中空的身体尚且连接着人世的虚空。

我的祖父向我讲述着他那个年代，麦秸秆如何支撑起贫穷的生活。

每一座土房子在建造的过程中，都要加入一些麦秸秆，那看似脆弱的麦秸秆连接着每一寸泥土，土房子因此才变得更加稳固。

潮湿多雨的日子，储存的麦秸秆就成了引火的工具，大火在灶台里静静燃烧，一家人内心的雨水被慢慢烘干。

麦子被打磨成面粉供养着我们的肉体，而供养麦子长大成熟的麦秸秆，最后会被粉碎制成纸张，记下我们活着的一些证据，这仿佛是它最终的使命。

纸上将会被印上良知、真理和法律，也将会被写下丑恶、谎言和罪行，而这所有的一切都将由我们自己承受。

最后当一个老人对着坟墓悼念另一个老人时，烧纸化成的灰烬将带走这空空如也的一切。

清　明

田野里的麦苗长势很旺，差不多已经没过膝盖，我和祖父蹚过一片麦苗，来到了姥姥的坟前。

由于平日里风吹日晒，姥姥的坟矮了一截，祖父便用铁锹围上一层新土，最后轻轻地拍打周围。

我们蹲在地上开始烧纸，祖父小声地说着祝福姥姥的话，微风吹拂着麦苗，像是姥姥在悄悄地回应。

姥姥已逝去多年，那份悲痛也渐渐消失，留下的是美好的回忆和祈愿。

也许生死之间并没有确定的界限，一个人的回忆和气息可以附着在每一件细小的事物上。

回去的路上，油菜花开得茂盛。

带母亲去医院

如果不是疼得干不了活儿，如果不是疼得一弯腰、一扭脖子就咬牙，母亲绝对不会给我打电话，她不会舍得把用命换回来的钱再拿去换自己的命。

我带着母亲去了市中心医院，如同儿时她带着我去看病一样。

当她得知光检查费用都要一千多的时候，她像一个怯弱的孩子准备临时逃掉，但我还是硬拉着她到了磁共振室。

片子出来后，医生仔细观察着，他指着病变的位置说：这块椎骨严重突出，建议手术。我们瞬间害怕起来，看着那张巨大的黑色胶片，像望着一片黑色的死水一样一动不动。

我知道，那上面白色的部分是母亲的骨头，那支撑了母亲半生的白色帆船一再触礁，它载着她的父亲母亲，又载着她的丈夫儿女，载着自己沉重的肉身，艰难地泅渡着，最后直至被那黑色的海水完全淹没。

屋檐里的麻雀

在乡下，你常常会看到麻雀把巢穴搭在屋檐里。

有时它们会落在屋顶看着你，你也安静地看着它们，时间长了它们也不再惧怕你，还会经常啄食院子里的碎屑。

过些日子你还会听到刚孵化出的小鸟在鸣叫，那时姐姐怀里的婴儿也在哭叫，两种新生命的声音交织在了一起。

我们不会把它们当作害虫来对待，也不会伤害它们或把它们赶走。

它们吃我们的粮食，只是因为饥饿；它们来到我们的屋檐下筑巢，只是想找一个遮风避雨的家。

晒太阳

阳光好的时候就到院子里晒晒太阳，这是一件非常幸福的事情，不是谁都有时间在太阳底下，平静地享受阳光的照射。

对于穷人，最富足的是阳光，最贫乏的也是阳光。乞丐可以在街边晒上一天的太阳，煤矿工人有时一天也见不到阳光。

我的父亲喜欢在阳光下劈柴，我的祖父常常靠在草垛上打盹，两个经历过很久寒冷的人，会格外珍惜阳光的照耀。

这世上每个人身上的光都是会用完的，到时候我们会拥有同样的黑暗。

太阳底下的事物一样，又不一样，他们拥有着不同分量的阳光。

炊烟的标记

光棍老李活着的时候，每天他家的屋顶上都会按时升上一缕炊烟。他总是早早地做好一日三餐，吃过饭后就会到门前的林子里拾柴。

直到有一天，我从外地回到故乡，我突然发现老李家的屋顶一天都没有动静，母亲告诉我老李死了，邻居们就是通过炊烟的消失判断了老李的死讯。

他们进屋一看，老李已经断了气，村民们一块把他埋了。

老李走了，带走了他的呼吸，带走了那条代替他呼吸的炊烟，那条炊烟的标记，成了他活在人间的记号。

一个人的生命，竟和炊烟一样轻盈。

原载《星星·散文诗》2023 年第 3 期

故事里沉淀的风

阿茹佳

【题记】记忆的尽头无声地沉淀着的，一段又一段带着乡音的风，穿过时光的密林，无声地翻阅泛黄的往事。

1

家乡予我不了情愫，拽着风的衣袖，灌满了记忆的肚兜。

红扑扑的小脸，皲裂的手儿，鼓鼓囊囊的棉袄儿裹紧妈妈的担忧。

2

风筝挣脱的绳结，挽在七岁的云朵上。

彩虹般的梦境，潋滟在赤脚的池塘。

挽着蝴蝶的纱巾随风儿飘动，时而挂在树梢，时而被屋檐留藏。

3

童年葳蕤的花瓣，散落在归家的路途。

沿着裹挟风声、雨声的小路，敲响了盛年的门环。

4

被风灌醉的时光，跌跌撞撞地一路追赶，捡拾散落的记忆。

顽劣的风，吹拂过坚挺的脊梁，在负重的肩膀上压出紧实的声响，不留余地咀嚼着预期的美好。

5

盛夏暗换褶裙装，些许荒凉无从说。

尝一口浓烈的秋风，在不一样的风景里感悟人生的恬淡。

6

家乡的风，奏响不同的乐章。

在戈壁深处，它是铿锵的雕刻手，却也瞬变凶猛的战狮。

纵使，大漠深处，朔风起兴，也在雕琢着大西北坚挺的容颜，优雅地镌刻一副副神奇俊秀的神情。

7

荒漠里，岁月被风牢牢囚禁，日子在依稀驼铃声中慢慢地熬制。

深深的脚窝、浅浅的脚印，一次次地被淹没在斑驳的光景里与沙海深处游动的云彩一同歌唱。

8

边疆母亲追寻失群的驼羔，与星宿同宿，与晨风相系。

解开厚厚的行囊，嚼动硌牙的沙粒，就着咸茶与干馍，任凭岁月将深深的纹路戗进曾经柔嫩的肌肤。

9

夜空中游动的星星，俯瞰一万年前的海子，焦急地想要还原黑城铸就的辉煌。

远古的岩画，唱着悠扬的长调，浑厚而悠长，激荡且咆哮。

10

戈壁风，深情地诉说，诉说久远的歌谣……

时而，吟唱一本厚厚的古籍。

11

要把爱洒进脉络里，流淌在今日的沙海戈壁。

要把情留在敖包里，久久地传送古老的歌谣，用力地震动山谷，滴落甘甜的清泉。

12

岩羊栖息的地方，也要灌溉浓厚的风，让那草种随鸟儿迁徙，将那荒草抚平。

晨风里，母亲用温柔的手播洒希望的乳汁，衷心地祈福与祷告，延续生命无限的力量。

原载《散文诗》2023 年第 9 期

瀛湖辞

蒋典军

癸卯三月，安康日报社组织"县域纵横新春行"安康文化名人看瀛湖活动，时值安康瀛湖生态旅游区成立十周年，实现了发展质效"双优"目标，以诗记之。

——题记

一滴水，足以湿润秦巴的苍穹。

把一滴水存在荷叶上，简单。

那水，叫露，还不够至亲，还不够绝美，就昵称露珠。

把一条江存在秦岭巴山间，就有些难了。

那水，是水院落，水村庄，水家族，水镇，水部落联合起来的水世界。

水，从此有了深度和内涵。

瀛湖，陕南春天的牧场。

汉江浩荡千年的曲牌里，水兄水弟们在大合唱。

平日里，不急不躁抚养一群小岛，把一些船只举过头顶，与岸对话。

船上目光，怎么也猜不透水内心深处的事。

大 坝

水泥、钢筋、沙子一旦与智慧搅拌，就把一条河的落差扶起来，让一江水心平气和。

让一条江从此少了一些坎坷跌宕。

让一江两岸的纤夫卸了纤绳，把那根纤绳勒进岁月的石缝里。

当年拉纤的脚印，腌在湖水里保鲜，已多年。

鱼们，虾们，悠闲地吃着倒映的云朵。

船们，桨们，喊着汉江号子。

大坝的姿势，剪影依旧，让汉水在安康歇歇脚。背扛上游，怀揽下游，不吃不喝，坐西向东。

大坝低语，汉水的脚比汉江长。

岛

湖水没有吃完的山。

渔夫的岸。

各自庆幸取了一堆名字：金螺岛、翠屏岛、湖心岛、洞桥岛……

岛兄岛弟、岛叔岛姨们常谈：织女石的传说，流水古镇，谢青天的故事，汉江航运史……

船工抽空也哼哼纤夫们当年吼的上水号子，下水号子，急滩调儿。

鸟语朗读早晨，阳光饱蘸水面上缭绕的薄雾，用侧锋行笔，湖面是张硕大的蓝宣纸，岛是枚天然的落款印。

原载《安康日报》2023 年 4 月

岁月诗意

刘晓平

1

宁静的雪原，一直铺向远方的天际，是岁月的诗笺，是心灵的沉思，也是春来的预兆……

当它消融成流水，沿小溪快步远方的启程时，春的灵性便复苏了，在土里冒芽，在花枝吐蕾。这时，山那边响起春雷，没有慌张和毛躁，沉稳地深重地滚滚而来，在心灵的原野响起回声。

也许你会稍有迟钝，但立刻你便会醒悟。呵！这便是大地酝酿已久的第一声歌唱……

2

接下来便是细雨如织，就像细数回忆的时间，似乎很短暂，细想却又很长。刚开始的雨丝仿佛未曾断线，就像春天少女的梦床，无休无止，呓语绵绵。晨曦时，年轻的画家醒了，他做了一冬的长梦，在春天之始，他必须走向原野，手捧新绿，去点染他心中最美的画图……

此时视野里的山水色，还有吊脚古楼，红墙黑瓦，都一一生动起来，妖娆成画中的角色，意韵成心中的诗境……

3

满脸春光的村姑，撩开窗帘望了望，急匆匆躲过屋檐的雨滴，穿过风雨的长廊，越过历史的闺门，站在莺飞草长的季节里，幻化成一位乡村诗人。她用姹紫嫣红的美丽，修饰动人的诗句，用少女绵绵春梦的场景，替换成她诗的意境。

然而，她的诗，妈妈不懂，奶奶更不懂，只有一个梦中人，却在世界的另一端读懂了。

他偷偷地乐，也编织了一个梦，让这一端的她，就像喝多了咖啡总不能入睡……

4

阅尽人间春色的老摄影家，也开始寻找风光。门前的树挂满花苞，远方的原野更写满春色。

他开始远行，用镜头捕捉大地的色彩，用心灵装满春天的诗意。他满载而归之时，院中的绿树红花早已点燃了家中春色，池中的鱼儿醉了，噙香而醉。

比邻的老农耐不住了，村头反复出现他眺望的身影……一年四季在于春。于是，田里土里，便依次出现使牛的吆喝声，勤快的婶娘，以扬锄播种的舞姿，来到了田地里，一种希望便躺在了田土里……

5

纷杂而至的不只是记忆，还有夏天多雨的日子，及空气中弥漫着潮湿的味道。多了些雨，多了些躁动，上街的路上，乡村的田埂上，形形色色的雨伞，便撑出朵朵莲花的样子。

一日日闷热的田野，四面已响起蛙声，仔细听，好多的声音，似乎是先年的回声。

这时节，原野里多了些眺望的身影，道路上多了些追寻的眼睛，那都是心灵的探寻与热望……

6

抽穗、扬花、果子成长的过程，那是一个经历风雨、日晒烤炙的过程。经历过了，稻穗才沉重，果实才壮硕、甘甜！

天气逐渐进入酷暑，小孩熬不住了，大人也熬不住了，都寻找小溪、山塘的凉爽。我曾在山塘里扎了无数个猛子，提到了小鱼也找回了昨天的记忆，天气热了原野也多了几许灵动。油画的小桥上有乡村动人的故事，水墨的荷塘里也有听雨的诗意，荷花张开手掌，鱼儿穿梭其中；蜻蜓忙着捉迷藏，蝉儿忙着歌唱……

我们的生活也在忙碌着，偶尔的迷茫中不知是谁丢下的石子，人生的长河中，也会溅起耐人寻味的水花。

小路上，风干了淋漓的小雨，也风干了潮湿的回味……

7

雷阵雨一波接一波，热浪却一浪高一浪。花柳饱受折磨，都成了残花败柳，红薯却躲在土里唱一首励志的歌。命运不只是春风得意，有时也需要炽情似火；岁月少不得春夏秋冬，人生免不了有起有落！

蛙声，忘生死忧愁于度外，日日唱，夜夜歌。只等冬眠的时刻，只等丰收的秋歌……

8

无数场雷阵雨，磨砺了小伙子的毅力，也锻炼了姑娘们沉静或敏捷的个性。关于雨中的故事多姿多彩，都藏进了小伙子和姑娘们私密的日记里去了……

9

第一场台风的消息，中央台反复播出后，在东南沿海留下些"鬼子进村"

似的灾难；在大陆腹地的三湘大地上生活的人们，却只是经历了一场降温的雨天而已。此后，台风的消息一个接一个，敲打着人们酷暑难耐的心情，在最后一场台风掠过时，西边的天际架起了彩虹，怀孕的秋天便顺着彩虹的阶梯来到了大地上诗意地栖居着。

10

太阳，整整燃烧了一个夏季，入秋了还在施展最后的余威，"秋老虎"一个甚似一个，让人们酷热难当。但是，秋分过后，燃烧的天气一个不比一个，火焰好似浇了水似的，一步一步便消失了。秋风起处，青钱柳在山风中摇曳，铜钱儿似的果壳在山坡上滚得飞快，轮子上旋转的阳光，就像永不回返的年华，消逝在太阳西下的黑暗里。

在一片丰收的景象里，人们除了喜悦也有忧伤，这日子过得真快，一年的丰收又将结束，村里大妈却警醒地说："秋风的尾巴后面，跟着而来的是漫长的冬天，赶紧学会在苦寒中过日子吧！"

11

江湖日渐消瘦，鱼虾开始肥壮，玉米的丰收快接近尾声。空气里气息交织：有水草的气息，有鱼虾的气息，有玉米鲜嫩的气息，也有汗水的气息……大地上，弥漫着成熟的气息。

12

大地的儿女们，摆开了丰收的鼓舞，唱响了收获的歌谣。劳动之余，站在临水山头上的姑娘和小伙，在细读心思，在爱情的领地里书写着与爱有关的格言；而老人们则伫立于仓储之所，补写着苦难与丰收的记忆……

13

田野里，两只蝴蝶随风而去，重叙着陈年的故事。蜜蜂像阳光下的机群，总是不停地出发，土豆和南瓜、玉米和高粱，都一齐讲述着岁月风雨的经历，含浆孕育的过程。母亲总忘不了田野的细节，在田野和集镇间来往穿梭。只有散漫的父亲，这时候闲坐老槽门门口，掏出心爱的旱烟，一个劲儿地抽着，也细细想着心事。

14

秋天是一个讨人喜欢的季节：它意味着成熟，蕴含着丰收与收获。秋天的天气也让人喜欢，不冷也不热，真是天凉好个秋！

15

一场雨后的下午，树叶便开始思念故乡，等待着诗意飘飞的来临；温热在一夜间消退，寒冷也在一夜间来临，浮生与幻灭已成季节的病灶，淡泊的圆寂与轮回便是再生，走出寂寞的空虚叫今生，走进土地的深处叫来世！

16

冬天的序曲是有些漫长，好不容易等来了冬天的第一场大雪，大雪封门，刚好把一年的好日子堵在年关的边边上。大娘把攒了快一年的幸福，全都端上了火塘边的餐桌上，香喷喷的民间烟火在屋里打着旋儿，就是不肯出门，几只跑出锅的爪蹄，被犬吠声叼到院中，一顿年关的美味，被狗们儿争抢着先尝……

17

这个冬天不是太冷，离年关三十应该还有一段寒冷的路程，会过日子的新媳妇，要自己缝一件过冬的棉衣，还差一排合体的纽扣没钉，在忙着和父亲准备炖年夜肉的干柴，好好堆码在吊脚楼的屋檐下，白日里还穿着单薄衣裙的新媳妇，没有一点怕冷的样子……寒号鸟嫉妒似的躲在屋檐下歌唱，让寒潮一个接一个地来吧，村里的新媳妇实在太秀气。

18

第一场雪降下来了，给人们带来一阵喜悦，漫山遍野没有边际，孩子们读着是诗，老农读着是丰收……

在家闲着的男人们，望着一望无际的雪野高兴了，好呀！这正是上山的好时辰。擦亮长眠的猎枪，唤醒猫冬的猎狗，"呵……呵……"号唤着，从这山赶过那山，年长的老猎手焕发了青春，领头跑到卡子上，仿佛指挥着千军万马。一天下来，便凯旋，野猪、麂子、野兔什么的应有尽有，挂满了猎枪、抬杆，一个年头的野味猎味又齐了。

19

大地走过了花开、蛙鸣、蝶舞、蝉吟、雪飞的季节，原野便沉静下来，唯有林中小屋的看山老人，在雪的原野中伫立成一尊思考的哲人——他想了一生，终于明白：

小孩子盼过年，一年岁月太长
大人们盼种田，一年日子太短……
森林和原野是寓言与童话的故乡
自己为什么总拉不直心中的问号
再锋利的刀子也怕最柔软的心地
日月是一把刀，挂在大地的上空
悬在你我的床头……

原载《湖南散文》2023年第4期

留在甘南过冬的鸟儿 [外二章]

杜 娟

可以明确地说："冬天，提心吊胆的事物里，没有麻雀。"

我熟悉那些固执的秉性，包括冬天和麻雀。

阳光、积雪和衰老的草木，在我眼前晃动。

"我们为了喜爱而存在"，它们叽叽喳喳表达着热爱。

早晨醒来的麻雀听惯了风中的语言，为了生命奋斗终生。那些没有底气的鸟儿，早已离开甘南，坐在南方的石头上。

大雪压着惶惑的树枝，一群麻雀压着大雪，晃动无所适从的冬天，告诉树林里正在保留的生命："寒冷绽放美好。"

麻雀如果走了，也去了南方，甘南在冬天将一事无成。

一张羊皮经卷

只要随口说出一座村寨，就会有一座山前来认领。

江湖大，榻板房小，山路无休止地弯曲。日子一个接着一个过，日出而作，日落而息。待客有土酒、腊肉，门前有藏狗和榆树。

连绵起伏的山冈险象环生。白龙江在山谷里开口说话，有高高的声音。天空那么高远，山川是有语言尺度的。一座山峰里至今保留了一个部落的洞穴，为了缅怀远古的人，脚下的路，我们需要不骄不躁地走。

阳光匍匐，低处的光明触手可及，白龙江深深浅浅地奔腾，不说沧桑只说历史。

吹口弦的人就在前方，跳乐乐舞的姑娘们替古人在说话。

一声远处的鸟语打开一张羊皮经卷，出征的将士还在路上。

白龙江

郎木寺的岩石适合有一道缝隙，适合让白龙江流出。

如果源头的声音高过草木，白龙江不需要鸟语，不需要花香，只要江水引路就行。

石头是一串历史的符号，在溪水里躺着，像一个贪婪的人。山与谷如果能再靠近一些，星月会在同一时间里反复出现。

寺院的钟声穿过宫殿，回响在云端。

溪水被风吹着，它有一些不为人知的往事，比如坚持过的天空草原，以及日月星辰。它比风有光泽，流过一排直立的玛尼房，给转动的水玛尼，引出了细小的声音。

老阿妈手里转动着经筒，走向水玛尼说道："幸福的事儿将和我建立关系。"

这个上午，我听得出来，郎木寺的语言黑白分明。

一块云主动向我靠近。

原载《星星·散文诗》2023 年第 1 期

汕尾，一味众口可调的广东盆菜

宋庆发

> 汕汕嘉鱼耕碧海
>
> 尾尾飞霞读苍穹
>
> ——题记

世外梅园

不能置身世外，那就潜心事外；

不能隐迹桃源，那就现形梅园。

于东坑以东，于水唇之唇。

何必在宋词里抓一把青春羞涩来嗅？

何必在明清小说中煮酒论英雄？

一钵客家擂茶，足以让诗作主，抚慰风尘，解乏羁旅，任意平生。

而我们，都只是此时此地的过客。

不敢高居于梅枝之上，不厌飞霜于背转之前，不仅卑微于冻尘之中。

在如故之香里观察和学习，在笑丛中学着隔空成长和一直爱……然后回归自己的来处和混沌。

然后，不奢望有人告诉自己自己是谁，依然向人讲述如梅一样的朋友的故事，揭开如谜一样的世界的奥秘。

莲花山

是谁，从苍穹深处采来一朵盛开的莲花，并以群山应有的欢迎仪式藏玄纳奥、以戒为师、调诗为羹？

七星叠瀑，三井回音。

白玉蟾坐忘于兹，即心明道，"嫩火温香破寂寥"，"不惹人间桃李花"。

刘克庄豪迈慷慨而来，"村叟无台历，梅开认小春"。

文天祥从此匆匆别过，"正气不随元日月，丹心独照宋山河"，五坡岭上"一饭千秋"。

而今，又是谁，将历史的偏僻小村推向现实的风光前台？

顾莲峙村、田畔村、柑洲坑村、建祖村、温厝村，村村藏风聚气；

梅园、桃园、荔园、松园、茶园，园园龙津蜿蜒；

西秦戏、白字戏、麒麟舞，样样佐正扶俚。

…………

寅卯初接，温厝恒温。

在通往小鸟巢的桥边，几位散文诗名家滞步不前。文化小吃的吆喝声犹在耳，手擂咸茶的清香仍留嘴角，他们是在临时整顿生命，抑或在相约安顿灵魂？

品清湖

"品"者系何人？

"清"乃哪道菜？

"湖"是哪个盆？

品——清——湖，这是历史遗留的食神晨问，还是未来抛来的渔歌唱晚？

一泻便 22 平方公里，手笔大得如汕之善；一弯便蜿蜒 39.62 公里，摆尾美得娓娓动听。这盆啊，聚的可是上天的好生之德？装的可是人间的至清之境？倾的可是诗歌未来的曼妙之情？

"海上沙舌"刻板一舔，便舔出出海太平洋的得天独厚。

"天后圣母"含笑一抚，便抚出千里碧波的静如处子。

"跌死鬼"寻思一卜，便卜成鲤鱼尾湿地的百鸟朝凤。

老百姓随意一品，便品成汕尾这座山海湖城特有的五彩写意。

品清湖，让城市活得明媚灵动，忘返尚知归处；品清湖，让万物活得舒展温暖，自觉流向彼此。

原载《吉林散文诗》2023 年第 1 期

一进腊月就是年 ［外二章］

腊月乡愁

腊月里，乡下的炭火，把心中的乡愁，给烤得热乎乎的……

握紧手中的票根，向着家园的方向，一次次地眺望，无数个城市里的车站，开始了最最热闹非凡的序幕，不同的口音，不同的目的地，不同的心情，在这里一次次地碰撞。

从此，一只只迁徙的候鸟，到家园的距离，是两条铁轨或者是一条条公路的长度……

在乡下，那些大大小小开开合合的柴门，从不会拒绝一缕缕阳光的造访，离家越久，心中对故乡的思念，就会越刻骨铭心，从此，无论自己那漂泊的脚步走得多远，都始终不曾走出对家园的思念。

腊月那冰天雪地的背景，和肆虐的北风，让这乡愁，变得更加温暖！

尘世间最美的旅程，就是飞驰在那回家的路上，尘世间最美的记忆，就是关于故乡关于童年关于父母亲人的记忆。

踩着厚厚的积雪，脚下发出那嘎吱嘎吱的响声，那声音，惊扰了几声犬吠，那犬吠声，又袭扰了几声鸡鸣，鸡鸣犬吠的声音，是最熟悉而亲切的乡音音符。

进入腊月了，暂时放下那些功名利禄与成败得失吧，该收拾收拾自己的心情，准备在风雪兼程中，再次回家过年了……

腊月里的年味儿

如果要高度概括,腊月里的年味儿,其实就是一种甜蜜与幸福的味道!

回家的幸福,结束相思煎熬的幸福,重逢的幸福,一起汇聚成这团圆时的甜蜜,这就是心灵里最美的感受与最大的享受!

一盏盏的大红灯笼高高挂,一朵朵的窗花绽放在无数的窗户上,一副副的春联贴上门楣,还有那一挂挂的鞭炮,一串串的红辣椒,以及那腊肉香肠,那鸡鸭鱼肉,那开坛的美酒……在视觉里,在听觉里,在嗅觉里,无不为你溢出那浓浓的年味来……

在乡下,唱了多少年的"小孩小孩你别馋,过了腊八就是年"的童谣,藏着多么天真多么美好的喜悦。是啊,热气腾腾的腊八粥一喝,过年的序幕,在这乡下,就开始被一一拉开了,一切与过年有关的,都开始"粉墨登场"!

远在他乡的开始规划着自己的归期,守候在家的开始盘算着亲人们归来的日子,曾经过年春节晚会上,那些关于过年的歌曲,此时,会在一个个城市一个个乡村,被不厌其烦地一遍遍播放,就是那一首《常回家看看》,就唱出了多少人的心声啊……

操着自己家乡味和自己所在城市两种味道的口音,在一个个的村子里,不停地碰撞,或许每一个人,都有着这样或那样的变化,但是乡情是不变的,儿时的记忆是不变的,家园的温暖是不变的。

腊月里的年味儿,是一个个游子心头那最最强劲的磁石,将他们那一颗颗盼归的心灵,给牢牢吸引……

腊月情怀

腊月,是过年的月份!

腊月的情怀,是爱的情怀,是情的天地,是幸福的世界……凡是自己的经历,一切的过往,都是一样的美好,生命仅有一次,在过去的一年中,我们或许会有着这样或那样的经历，得意的、失意的、坎坷的、平坦的、短暂的、漫长的……但只要你怀揣着一颗热爱生活、挚爱生命的心，一切的遭遇，都是最美的遇见。站在一年的年尾，就让那过去的一切，都过去吧，将美好的东西，珍藏于我们的记忆里，将那些痛苦的过往，都一一遗忘吧，我们应该在温馨与美好中，选择再次上路，而此刻，我们就应该放下一切应该放下的，在过年的喜庆与幸福里，好好地给自己的心灵，储存一下幸福与甜蜜的正能量，好让它们继续伴随着我们风风雨雨的人生路。

不可否认，腊月的人间，是天寒地冻，而腊月的情怀，却是最火辣的，那是团圆的情怀，那是喜庆的情怀，那是乡愁的情怀，那是家国的情怀……

一曲《回家》的旋律飘来，那么多的游子啊，早已是潸然泪下……

原载《吉林日报》2023 年 1 月 8 日

辑 八

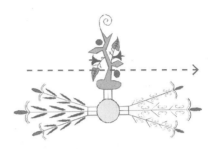

故乡的仪式

马　健

　　离开，从多年的旧路一直北上，目光所及之处，山乡隐现。在时光的暖流下，轻触梦中的门扉，村庄的颜色，水一样波荡而来，如果可以，我要重回乡间的那块崖壁，哼唱一支故乡的歌调——这轻扬的曲调是我和故乡和解的仪式。

泥　土

　　冬日的寒凉在一场洗礼中消散，隐于坐拥山野的日子。雨水浇灌着大地略微粗紧的皮肤，几株嫩绿的草芽宣告了寒冬的远去。天空下，泥土在沸腾，仿佛要完成一幅波澜壮阔的画卷，回报交替而动的时令。在乡间，空气渐渐柔软，让人心生惬意，成片的荒原渐渐苏醒，泥土也悄悄变了颜色，愈发鲜活。对父亲而言，土地是农民的孩子，面朝黄土，是最虔诚的祈祷。他以笨拙的身影，向着泥土辛勤耕耘，年复一年地劳作，每一寸泥土都洒满了他的赤诚。苏醒的田野可以滋养生命，带来春日的希望，让世间的光景得以延续。每逢春时，父亲总会在田垄上踱步，细数着土地的脉搏，要知道春天常有新的想象。

　　如果可以，为大地献上朴实的赞歌。

　　如果可以，用手掌的温度抚摸肉身的心跳。

　　忙碌的时日，父亲爱早出晚归，扛着那根褶皱的木棍，从河这边越到对岸，一步一步走向新的时令。他喜欢让春日的河流亲吻肌肤，潺潺流水，传递着属于季节的讯息。每至春分，父亲便开始忙碌地工作，沐浴在暖阳下，任流云纷飞，他仍旧用双手耕耘着厚实的土地，无比虔诚。

广袤的田野是父亲心中的乐园，播撒着独特的香味，春时，他总爱奔波于田间，感受泥土的温度。他不必等到黄昏落幕，才收拢一日的隐喻，交出关于山野的图景，足以让他与大地共生。

阳光下的身影

一椽旧宅，让我的记忆有了分流。小时候，总爱拨开墙角的野菊花，或是骑到那棵年老的枣树上，对它发号施令。午后，太阳暖暖扑向我的脸颊，从阴雨的日子告别了厚重的云朵。母亲的声音总是回荡在我的耳畔，孤身时，微风会替我重播母亲的话语。梦中，我常常遇见半抹身影，像风那般模糊，却有着最熟悉的味道。如果不是阳光阻挡了我的视线，我想，我会看清她的模样。

那时，母亲喜欢在阳光下盘坐，无论是做手工，还是杂务，她总爱面朝日光，贪婪地感受每一分温热，这似乎是她的力量来源。后来，父亲告诉我，母亲患有风湿，向往太阳会让她拥有更多笑容。想想，这是令我后悔的诸事之一，过去，我没能陪她追逐几次太阳，如今我只能在记忆中填补这份缺憾。

日子大多如流水一般顺滑，某个时刻，我清晰地认出了那个影子，像梦中轻抚我的母亲，我曾告诉父亲这个梦，他微微一笑，然后转身投到温暖的田野。

即便如此，无论过往还是将来，母亲都会拥有，天空一样的颜色。

群山物语

我喜欢沿着乡间小道，一路打马低鼓，拥入群山的耳畔，倾听它们千百年的回声。我的故乡位于三面环山、一面临河的山谷，青山和秀水孕育了这座隐秘的村庄，庄北的一条柏油路，一头连着外面的天地，一头伸向了群山的腹地。

年少时，我喜于和群山交谈，闲暇间，我与朋友总爱攀到南山顶，几个人围坐在岩壁之上，聆听来自天空、大地的言语。日子久了，隔着山谷和黄昏，自有空灵的回响来回交织。我们偶尔会被远处的红云吸引，思绪任由晚风吹拂，兴许几声鸟鸣会将我们的思绪收回。群山之外，有雨水反复试探这片无物之地，年少的日子，让我学会了放牧自我的孤寂，在山水间端坐，叙述隐秘的过往和琐事。

有人说群山是通往天空的梯道，我却从未注意。

当秋日的空气被庄稼染成金黄，农民们将庄稼打包回家时，庆祝的日子便要来临了。家家忙于准备庆典，备足了新衣裳、新用具，在南山顶上，他们欢庆着丰收的日子，像愉悦的黄莺放声歌唱。

一瞬间，群山也会物语，为庆祝献上礼赞，仿佛狂欢的歌谣。我想，那条梯道大概是通往来世的门户。

河边，一抹云霞

村前的小溪自高山的涧底生成，冲破层层岩石为村庄围上了一条丝带，然后缓缓向东延伸，涓涓长流，追逐着海的声音。

我的诸多回忆，都与这条溪水相连，它为我勾勒了多彩的童年。沿着小溪，可以领略山川河谷的风貌，不必担忧世事，这一刻，抛却不该有的愁苦，望着河边的风景，你可以安坐整晚。

除了帮父亲收拾庄稼，我们会聚在溪边一起放牧，几个人围坐一团，将胖乎乎的牛羊拴在树干上，任它们原地画圈，仍旧离不开那寸草地。天气回暖，连群山也会随之欣喜，换上嫩绿的装扮，要知道，万物皆会背负青春的风暴，迎接下一个季节。而我们，在人生的河底起起伏伏，习惯了生活的样子，顺流而下或溯流而上，就如同和生活一道前行，彼此依附。

无论何种方式，都会为我们重新划定眼前的日子。

如果说可以选择一种生活的颜色，我希望是一抹云霞。

父亲的信

长大后，我逃离了自己的故乡，像一位负罪之人，不断闪躲着记忆的闸门。

我与父亲的联系都集于遥远的村落，一次偶然，父亲却打破了这长久的桎梏。

某一天，伴着夜灯升起，我从深绿色的邮筒中找到了一封褶皱的信笺，二十多年的岁月，竟是父亲先给我写了一封信。

回家后，我将信件平整地铺在桌面，谨慎地剪开一角，缓缓抽出那张些许发黄的信纸，我不知道父亲是怎样写成这样一封信的，于他，这是比整理庄稼更为艰难的事情。过去，他只是习惯用沉重的工具整理田野，我无法想象，一个初中没有毕业的父亲，会用他那粗大的手掌写下如此工整的文字。

微暗的台灯为我支起目光，这些笔迹，饱含了父亲久久的思绪。他大概写了许久，像对待庄稼一样严谨，从他那生涩的言语中我渐渐明白，一个父亲想同儿子进行一场该有的交谈。父亲的信，针一样刺痛了我的心底，我的冷漠在那一刻彻底崩塌。

深夜，我手中紧握着父亲的叮嘱，仿佛有万钧的重量袭来，而我则变成了一根羽毛，向四周飘动，还未找到回家的方向。当我再次听到那熟悉的歌声，我自然会寻到去往故乡的路。

原载《散文诗》（青年版）2023 年第 4 期

关于电

姚　瑶

1

电。这个纯粹的方块汉字一旦被说出来，就裹挟了温暖和光明的话题。

电，闪烁着，让每一个夜晚豁然明亮。有人说：黎明是从黄昏开始的，所有的黑暗都被光照亮。

光，让我联想到了太阳，也联想到了萤火虫，更多的是指向了电。

在漆黑的夜晚，一盏灯打开了所有的虚空。

1875 年的巴黎火车站，被一盏电灯照亮。电，来到了人间。

时间再记清楚一点：1879 年 5 月 28 日，老上海公共租界的夜晚被电灯突然照亮。1882 年 7 月 26 日，上海电气公司一台 12 千瓦的蒸汽发电机组发电，揭开了中国电力工业的开端，中国用电时代正式来临。

1888 年 12 月，在慈禧太后寝室某一个隐秘的地方，有了电。

……

自此，电在中国徐徐拉开了序幕。

很多时候，我把自己比喻成电流，像溪水一样无声无息，流经你的心田。

每一次站在黄昏的路口，那些惊心动魄的抢修、争分夺秒的复电……这些，都成为我笔下赞誉的场景：电工，属于自带光芒的词语，一旦说出，自带铿锵。

我在《一盏盏亮起来的灯》这样写道："我总喜欢在夜幕将起之时／远离喧嚣，一个人走到山顶／在山的最高处，鸟瞰这座城市／一盏盏亮起来的灯火／

无数的萤火虫来到我的身边／这些精灵们如此地守时／温暖一瞬间袭上心头／遥远的灯盏与它们／点亮了这个夜晚。"

是的，在无人知晓的夜晚，这些诗一样的句子独自完成了一次次的淬炼，一次比一次决绝，一次比一次完美，犹如我身体里的蝴蝶，向远方飞翔——向往光明……那不是孤单的身影，而是一群一群，它们要把温暖和亮光交付给黎明。

电，因含着太多的暖而颤抖；电，因含有太多的光而明亮。

诗人携带着灯盏，一闪一闪，就可以照亮前行的路。

2

星辰、冷月都寂灭了，大山如此空旷、辽阔——

风在吹，吹来动人的故事。大风吹乱你的头发，你努力伸出双手，握住硕大的瓷瓶，把体内的血液，通过双手渗入了导线，在高空，这个略显笨拙的动作，慢慢完成内心对温暖的表达。

风继续在吹，有人忙碌，有人宁静。

我站在铁塔之下，静默地仰望，把身体里的破旧时光一点一点地掏出来——一只蚂蚁爬上了铁塔。"山高，风大，铁塔矗立在山口／比海拔还高出一截／比我的身高还高出一截。"在铁塔边，我鸟瞰悬崖之下，海拔三千多米的山谷，云雾在升腾，隐隐约约间听到泉水叮咚。

蓝天高远，仿佛伸手就可以触摸。铁塔边，疯长起来的芭茅草依然在低处，这只蚂蚁，像一个坚硬的词语嵌入铁塔，仿佛把我的命运也嵌入了铁塔。这只爬上铁塔的蚂蚁，尽管它谨小慎微，我依然担心风会把它吹跑。我们有了交流的可能，或许这就是最快乐的事，这只蚂蚁是一颗滚烫的汉字，必将进入我热情的诗行：关于爱恋、关于奉献、关于梦想、关于春天……

我是幸福的，可以在风中写诗，可以在风中流泪。中国的电工，变得豁达、高远，他们走进 14 亿人的心里，在祖国广袤的大地上，背着责任、温暖和光明前行。

我俯下身子，再次将他们嵌入我的诗行。

我抬起头，向他们致敬，像他们一样在风中歌唱关于春天的歌谣。他们的身体里藏着太多的光和热，一首再辽阔的抒情诗，一张 A4 纸也装不下太多的形容词。

"电"字的背后，他们的心突然被照亮。春天在他们的胸腔里、血管里绽放。

3

大地辽阔，万物匍匐。

电在日夜滋养着闪烁的灯盏，滋养着梦想。

电，在导线里涌动着、叫喊着，穿过高山，越过峡谷，抵达最边远的村寨。

一度电，要经过多少跋涉才能抵达灵魂深处？那些关于光明的传说、故事，加速来到我铺开的纸上，抒写着万家灯火。

夜里，我需要一盏灯火的温暖。一把镰刀，历经千锤百炼之后才锋芒初露，经得起高压反复的淬火，才经得起人生数度的考验。

一双双殷切的眼睛和温暖的呼唤，让电工们来不及有片刻的懈怠，一声令下，赴汤蹈火在所不辞。

一切都好像在暗潮涌动，一切都好像才到来。

此时此刻，你肯定关心一度电的履历，历经了千锤百炼，历经了万水千山，才抵达你温暖的心田。

此时此刻，你一定要把温暖的电流注进你的血管，在生命中再度丰沛一下自己逐渐暗淡下去的血液。

4

蓝天，白云。

世界辽阔，生命辽阔，我们都走在辽阔的路上，我们奔忙于尘世，各怀心事。

当我的笔触伸向他们的时候，他们陡然间高出了山坡，高出了河流，他们的身后是无数不期而遇的一场大风、一阵大雨、一声惊雷。

我愿意写下他们的辛劳与汗水，写下他们的丰功和伟绩，只因为他们是天底下千里万里的掌灯人。滴溅在宣纸上的墨，舒展最美丽的图案。他们低调，内敛，心静如水，没有奢望，只需要一盏灯火的照亮，就可以让生命在辽阔的人世绽放绚烂的光芒。

他们是我在天黑之前最想见到的人。

他们打开的手掌，像一面升起的旗，是我在渐次寒冷的冬天，最想紧紧握住的手掌。

我无数次采访过他们，可是每一次零距离的接触，他们就像一块煤炭那样沉默。我的妙笔无法生花，我们以沉默对抗沉默，就像以无声的光对抗漆黑的夜。

5

"电"，这个汉字裹挟着风，吹过山岗，吹过田野，辽阔而苍远。在铁塔高耸的山岗之上，在白云之上，在他们满是老茧的手掌里，风一个劲吹拂，像吹动我的书页，始终没有停下来的理由。

电，为祖国点灯。

这个伟大的字眼，像一粒草籽里藏着的春天，如我的一首诗里，藏着灯盏，藏着日月，藏着星辰，藏着汗水。

人们从一个夜晚到另一个夜晚，点亮心中希望的灯。我愿意就这样把电写入一首诗里，常常把名词的电，写成动词的电。

"电"，只是一个汉字，从远方而来，还要回到远方去，周而复始。尘世充满温暖，我的身边是热的，热血沸腾。

从此，在我的生命中，我深深爱上这个字，爱上了电工这个伟大的职业。

6

谁说出了"电"这个字，谁就说出了历史和未来，谁就说出了天空，说出了蓝天之下的芸芸众生；谁把"电"字写大，就写出了内心的灯盏，就写出了恢宏的诗卷。

"电"，裹挟光，是第一个撕开黑夜的汉字。很多时候，这个字由名词变成动词，它甚至发出了声响，那是引领灵魂的声音，经久不息。仿佛万马奔腾，因为电，他们与旷野的铁塔、缕缕银线成了生死之交的兄弟。他们和电这个汉字一样，有着自己独立的思想。

这个世界如此地美好。

这个世界让我有了怜爱的心，我怜爱一个即将退休的电工，我怜爱他的历史过往，怜爱他的谨小慎微，这种怜爱深入我的骨髓。

春夏秋冬，一年四季，我爱上了"电"这个充满活力和希望的汉字。电工，虽然渺小，历史终会淹没他的名字，但那些在电里成长起来的名字——铺满了无数的阳光。

我乐意就这样把它写进我的诗里。电，穿越了古今，所到之处都是温暖。

7

在庸常的生活里，当我要写下"电"字时，在动笔之前，我就被这个汉字彻底地照亮。我去赞美、歌颂，才发现天底下的形容词越来越少。我的惊讶在于，在词语的废墟之间，我触碰到了金属的质感，却没有把金属写入诗里。

不能因为黑夜，就闭上我们的眼睛。

尽管闭上眼睛，眼前的这一切都是真实的。电，让我打开了眼睛，让我无数次地靠近。或许，这就是我的宿命，与电为伴，我度过二十年的时光，度过了二十年的春天，未来呢？一定还有很长的时间陪伴。

从这一刻起，作为诗人的我，在世间安心读书，写下电的精彩华章；作为电工的我，在旷野中行走，与一基基铁塔为舞，护送每一度光明。

原载《星星·散文诗》2023 年第 2 期

山石记

林进挺

官帽石

一顶石头材质的官帽，展示着黑灰色的顶戴，扣在坎钟山上。

这块硕大的石头，正面朝南，遥对着远方的鹰山。它肃穆的形状，分明像一顶王朝的官帽！

石头的传说，从此成为锦心绣口的例子。而我们分散坐在石头上，眺望着远方的山与云，拥有美丽的风景。

山与石，也缭绕着人间的烟火气。

盖钟石

这不是青铜钟，是石头钟！巨大的石钟，盖在山上，盖着一个谐音的山名。

陡峭的巨大石面，寸草不生，斑驳陆离。风刀霜剑，电闪雷鸣，多少次击打着它的世界！

最震撼的是，那一段金戈铁马的岁月！它的记忆，至今还震荡着草莽英雄的声音……

现在，那巨大的石钟沉默着，回应我们一行人脚步的，是那山中潺潺流出的泉水，是拂过所有脸庞的秋风……

城门石

残落的石头，是否还有记忆的战事？它的权威，它的辉煌，它的无奈，至今都随秋风吹远……

我站立石头边，试图在脑海里重构石门的规模，努力感受着石门的厚重与坚固。

门洞还在，光滑的石面，透露历史的一页。往昔的威武与庄严，现在化为草丛间的残石，山人的叹息！

夕阳无限好，沉默的城门石渐渐又隐入黑暗！

禅诗石

一首禅诗，是这块石头安身立命的本事。它不知不觉也成了禅石。

柴陵郁禅师的偈诗，又有多少人参悟明了？沉默的石头，背负着沉默的道，背负着山中岁月。

是啊，这块石头，又何尝不是明珠一颗？"久被尘劳关锁"，但它照见的，不仅是山河，也是人心！

心瓣石

一瓣清风一瓣明月，世间已无烦恼事。这张开两片心瓣的石头，安卧在山顶上，日夜接受着高山低谷的赞美。

餐风饮露，它在山顶上独自修行，永无止境啊！它接受着风化的道途，修炼之路漫漫！

而上山的老药僧，背着编织袋，采掘药草，有时斜靠在石头上，开心一笑！

心路石

一颗心，是柔软的；一块石，是坚硬的。那么，一片石心呢？

路曼曼其修远兮，谁都有各自的心路历程，无从评说！石头，立在道旁，彰显着"心路"众生相！

山路上，石头的本性，沉默是金！

飞来石

"飞来，飞来！"在海甲山西麓，一块巨石凌空降落下来，落地生根！传说的故事于是逐渐家喻户晓……

站在巨石一边，我抬头相望，粗糙的石面，如一面凹凸不平的镜子，寂然不动。

烟雨蒙蒙。飞来石，显现在我的心里，触动着一道沉寂的思想。

践行的是寻幽探雅的文人墨客，而飞来的却是口口相传的民间智慧。

龟 石

满山的石头，接受风吹日晒，经历雷鸣电闪，只有这块大石头，修炼成了一只灵龟的模样。

昂首向前，既是听经闻法，也是翘首望海。见仁见智，皆由心生。

厚厚的"龟背"，自然驮有岁月的印记。

沉默的龟石，用昂首的姿态，启示我们的前方。

瑞莲石

一处清代的摩崖石刻，是这块石头的标记。

祥瑞的象征，莲花的印象，呈现着美好的愿望。

无心的石头，有心的石刻，从此进入众人的视野。

于是，有所安住的心，云游四方的心，接受了石头的映象，记住了石头的传说。

而石头与瑞莲，互为表里，孕毓一段佳话。

原载《河源日报》"万绿湖"副刊 2023 年 7 月 11 日

桂华十里秋光浓

李志宏

一年秋意浓，十里桂花香。

仿佛一夜之间，小区里，街道上，公园内，都浸在桂花的香气里。

有风的地方，就有桂花的幽香。淡淡的、幽幽的清香，如一首空灵的小夜曲，穿过人们身上的每个细胞。

一株株盛开的桂花树，有枝的地方，就有叶，就有花。一朵小花分四瓣，米粒般大小，或橘红，或金黄，或素白，它们紧密相依，抱团绽放，一束束，一簇簇，羞答答地躲在青绿的叶子里，暗香涌动。

金秋的香山，浓郁的桂花香，让人嗅得发甜，双山岛的桂花，格外素雅俏丽，像极了天使们头上的发髻，淡淡的花香随风飘荡，随溪流流淌，一阵一阵的，沁人心脾。

"行人回首寻四野，不看姿色闻秋香"，路过树下，不自觉放慢脚步，摘一粒桂花放在鼻尖，轻闻，香味直达肺腑。或拍照合影，或欢畅言谈，人们尽情享受秋天的第一场浪漫。

小时候，老人说，桂花成熟时，就应当"摇"，摇下来的桂花，新鲜，完整，香味最足。

清晨，大人们一开始铺布，还没抢竿，孩童们就抱着桂花树，可劲地摇。"摇呀摇，摇呀摇，摇到外婆桥"，唱着童谣，花儿盈盈而下，满头满身，下了一阵阵好香的雨啊！

摇落以后，挑去枝蔓及尘垢蚁虫，晒上几天太阳，或冷冻干燥，加工成干花，日常可以加在茶叶里泡，过年时还可以做糕饼。

林清玄懂得过日子，说："不必骑鹤上扬州，能饮到厝边亲种的桂花茶，人生就够幸福了。"诚然，与三五好友聚之，把桂花喝进嘴里，温润自在，脸上溢满芬芳与甜蜜，确是一种优雅脱俗的幸福。

还有桂花蜜、桂花粥、桂花糕、桂花饼、桂花山药、桂花糖芋头、桂花鸡头米、桂花乌龙茶、桂花糯米糖藕、桂花酒酿圆子，绵密软糯的香，在这秋日的最好时光，与我们不期而遇，丰富着秋天的味蕾。

花香中，我们相聚，我们回忆。时光静好也好，风雨飘摇也罢，因了这一分烟火气息，总有种力量，牵动我们的心，让我们相信，生活的美好总会如期而至，亦如今年花又开。

素俗可入舌尖上，清远可至广寒宫。桂花开时，我们想起月亮里的嫦娥，想起伐桂的吴刚，期待起中秋团圆美满时。

"不是人间种，移从月中来。广寒香一点，吹得满山开。"幽香缥缈，仙气十足，好似天上繁星，点点入梦。

桂花，"贵花"，代表富贵、吉祥、如意。

桂花之"贵"，不止于香，我们知道秋光正浓，秋天丰盈。沉淀下来，往后余年，把桂香泡出来，把岁月细细地思量，蹁跹起舞，不辜负生命的每一天。

"一桂知秋"，秋来必有桂，桂开定是秋。每一个桂花味的秋天，都值得被记住。

原载《张家港日报》2023 年 10 月 7 日

林深见鹿

萧 璠

鸢尾和美人蕉

五月，鸢尾含着春烟在暮色中翩跹时，美人蕉的花蕾正在枝头亭亭玉立。

彼时，鸢尾和美人蕉都是尘世的独行客，茕茕孑立。相识于一场春风化雨，深埋于黑暗的种子陡然破土。一簇根须，一丛花茎，备受煦日照耀之恩泽，倍感和风微拂之惠畅。

六月，炸响的惊雷从美人蕉阔大的叶片上闪过。美人蕉在高处排练交响，鸢尾在低处欢歌和鸣。虬曲的根茎绵延着欲望，从沟壑到坡坎，从坡坎到田地，滋润的土壤中幻象丛生。土地纵容着花丛的肆意掠夺，将鲜有的艳丽框进如画的原野。雨露宠爱娇妍的花蕊，将庄稼和野草摒弃一旁。这盛大的狂欢，从暮春上演到深秋，从鲜嫩的花苞放纵至枝叶萎蘼。

终于，在秋浓时分，一锹大铲斩断了所有的根须。鸢尾和美人蕉退出了田野的帷幕，恰如魅紫和明黄退出了夏季的舞台。田野复归于一脉相承的翠绿，没有繁芜。

于是，在每一个蓦然回首，历史总多了一声无辜的咏叹。

万千锦绣，终不及隔岁回头一望；苦思冥想，攀不过自由禁锢之墙。

林深见鹿

跋涉千山万水，在路的尽头拨云见日。理想如启明星，困难如关隘，在现实尽头摘星揽月；美梦如良辰，深宵如雾霭，在迷蒙醒时天光大开。

穿越茂盛繁密的深林，如同进入黄金屋，曲折幽深，几度转折。在薄雾纠葛处，能否保持不泯之初心，直至窥见心中之麋鹿？

我于林深时瞧见辗转之我，犹如你从云天深处踏浪而来。我于你的眸中再三驻留，直至心房被你的跫音叩击，我中有你。

我的身形于晚风竹林中疏影摇曳，我的神性已化作天边的彩云与世间挥手。那只误入歧途之鹿，正嘶哑着从一声啼鸣中扯开一道缺口。是否回头就能够上岸？我已非我，你中有我。

当麋鹿从深林的缝隙迎面而来，当它放弃永恒与我短暂同行，当地平线在现实的时空相交于一点，而后分离，趋于无限，灼烫的是泪滴，冰凉的是黄昏。

于是，梦醒时分，我还是我，你还是你。

落叶的修辞

相比于"万花丛中一点绿"，落叶的修辞显得委婉而隐匿。

落叶以无声之润泽浇灌有色之性灵。它如蛱蝶般翩然于半空，它倏忽落入你的掌心，与你的命运之纹契合于一线。落叶便携着特有的修辞，躲于你的记事本扉页深处。

当落叶以金黄的姿态重新伫立，以墨绿、深绿、浅绿之外的色彩重临时，一种修辞便能道尽世间一切隐喻。如泣如诉，如诗如赋，聆听落叶的修辞，消亡是重生的在场。清风摇曳，雏菊绽香，相送落叶最后的别离。

红叶从顶峰落入流水，迈着不舍的步伐，一路追随。落叶笺从一个深潭旋出别致的韵脚，再漂入另一个苍茫无际的水域，如换韵。红叶笺将历经的风霜雨雪化作叶纹脉络，将落叶的语言化作铭心刻骨的修辞。

等第二年春季，落叶将覆埋土中的影子散作乾坤万里。破壳的草芽，花非花，叶非叶，经历的过往和脆弱，犹如落叶的梦。梦挥动着种子，梦的羽翼携着理想在现实中飞翔。

绿叶在枝头飒飒作响，在天空翩翩起舞，仿佛是落叶在轮回尽头绽开的笑脸。

勇敢的灵魂

刚开始，只是一株不起眼的绿叶乔木，顶冠处不及身旁阁楼的小窗。

细长的树干擎着蓬松绵密的枝杈，颤巍巍地伸向远方的天空，形容枯槁，颇为瘦削。只有偶尔飞来的一群麻雀，用细小的尖喙在卵状的叶片间啄食，踱步于树荫投散下的斑驳光影之中。

秋光逐渐冷却，它的叶子依旧绿中带青，眸光仍旧清亮。

等秋尽冬至，万物落下四季的灰烬，周围一片宁静。然而，这鲜艳的翠绿向着湛蓝的苍穹又迈近了一点。也并非全然的一脉翠绿，几片枯蜡的黄叶此时也格外耀眼。

哦，黄葛树！"它的枝干中住着一个勇敢的灵魂。"

一片在冰天雪地里送来丝丝温暖的树荫，挡去严寒的滞重，抚慰干涸的心灵。

等冬去春来，万物披挂上绿叶的嫩芽，周围一片争妍的喧哗。在这温馨的四月，它的叶片翩翩摇曳，落下远离大地的荣光，重获自由。然而，这时它的遒劲的枝干向着身旁的阁楼和蔚蓝的天空，无限地伸展。

哦，黄葛树！"它的枝干中住着一个勇敢的灵魂。"

一种在和风暖阳下悄悄然离去，绝不独占无限春光的淡然。

原载《扬子江诗刊》2023 年第 4 期

满湖荷香漾情思

张吉萍

1

偷采白莲，溪上新荷，蜻蜓早立……荷自古是诗意的，是美丽的，是旖旎的。

潋滟水色，漾漾微波。惠泽一池优雅净洁的灵魂。

2

那么多优美的词语都因荷而生。浅滩湖泊，她们总是安然静立一方水域，淡看云卷云舒。

风雨里锤炼生命的坚强，泥土中绽放淡雅的清香。冲出泥泞的束缚，以傲然的姿态穿出水面。一叶叶，一枝枝，一朵朵，满湖都是对生的渴望和对蓝天的向往。

纤尘不染。绿枝擎起高洁傲岸的品性。淡雅的花色，清雅的芬芳，宛如一位绝世女子，从唐风宋雨中走来。穿过婉约的江南，走过青石街巷。红衣绿裙，谁又是那个撑着油纸伞的姑娘？

3

是谁在岸上？欢声萦绕，洒落人间最美的音符。

是谁在岸上？叮叮咚咚的脚步，奏响爱的和声。

是谁在岸上？弹一曲白云悠然，丝弦铮铮。

行人。游者。目光火热，那么多优美的赞叹随风飘落。远观，近赏，哪一个不都是对美的敬畏。

依然深植于泥土，不骄不躁，迎送每一个黎明。依然浮于水中，不悲不喜，惯看夏雨秋风。

阳光夹持着我的信念。风雨坚强了意志。泥土给了我生长的源泉。她们给了我血脉，给了我生命。她们都是我的母亲！而我始终是她们臂弯和眼帘中的那个孩子。

谁也不能走出彼此的视线。

4

小荷初绽，这湖面挨挨挤挤的荷叶，就是我们的幼稚园。

接天莲叶，六月的风光早已刻进南宋的风烟。

其实，我们不需要太多渲染。含苞的，怒放的，凋零的。无论我以怎样的姿态出世，始终亭亭净植。

5

我喜欢清晨飞鸟的倾诉，喜欢夜里鱼儿的呢喃，更喜欢明媚的阳光下，那些小动物在我的家园里捉迷藏。

蜻蜓，一个轻盈的过客，惊艳了一段光阴。它停泊的镜头却成了经典。

荷叶片片浮于水面，或瓣瓣铺向岸边。莲花朵朵，或并蒂怒放，双栖的花影写满爱的忠诚，或裙袂飞扬，宛若邻家少女，半掩羞涩的粉面。

这一湖的水啊，映着一湖天的蓝，映着一湖荷清清淡淡的容颜。叶与花相依相偎，婆娑，摇曳，也婆娑。就像一阕清词，上阕执着，下阕缠绵。

6

吐绿，盛开，绽蕊。生命的每一天都朝气蓬勃。

风雨同行。花叶倾心。一起聆听天空的鸟鸣，一起仰望蓝天的高远。碧绿，粉红，铺展着一湖美丽的缱绻。

秋还是来了。一瓣一瓣的往事凋零于水面。华丽绽放，又悠然地谢幕。

7

一枝荷香，氤氲了满湖情思——

我想起了多年前的那些个冬天，开在奶奶窗台上的那枝橘黄色的旱荷……

原载《散文诗》2023 年第 4 期

铁轨是两排平行的诗行

王万胜

桥隧工

出没于荒郊野外，他们在深山、海岛、大河之间见机行事，为列车投石问路。

他们不是风，却如风一般，处处都有他们的影子。

每到深秋，旷野被萧瑟笼罩，思归的叶片纷纷离开枝头。寂静剥夺了世间一切声音，只有桥隧工往来奔忙，用钢筋混凝土诠释另一种生机。

寒来暑往，时光从一根枯草跳向另一片绿叶。

在桥隧工的悉心调解下，两座城市的隔阂土崩瓦解。列车从新建的桥梁上疾驰而过，驱赶着路遥马亡的寒冬。

司 机

风起云涌。

他们，驾驶着祖国的钢铁巨龙，从时代的潮流中破浪而出。

他们在驾驶室里安坐如山，谨慎却从心底萌发，杂念在铁轨深处隐匿。技规、行规、运规、操规、事规，在脑海中往来如梭，它们更像是常伴身边的兄弟。

客运司机手握闸把，载着千百份沉甸甸的乡愁，为它们的主人寻找团圆之路。他们用悠长的笛音，开启一片又一片他乡的黎明，自己却与寂寞反复相逢。

货运司机更是如此。夜幕降临之时，苍茫的原野上空无一人。唯有货运机，拉着一串前赴后继的孤独，提着两只硕大的灯盏，轻轻照亮这片远离繁华的人间。

售票员

她们守着各自的窗口，向那些素昧平生的面孔赠予微笑，用心收集天南海北的口音，从中辨别出团圆或离别的暗号。

之后，她们从万千蓄势待发的车票中，介绍一张与乘客相识。

在她们的引荐下，一张张车票长途跋涉，被陌生人的手汗缓缓滋润，逐渐显现出悲欢离合的模糊纹理。

这些轻飘飘的车票，将在沿线某个出站口，完成它重若泰山的一生。

信号工

铺设电缆，调试电路，维修转辙。铁路的每一处神经脉络，都由信号工悉心呵护。也唯有他们，能从千丝万缕的信息之中，捕捉到铁路细微的心跳。

盛夏，烈日不留情面地敲打着铁路，信号工也不能幸免。

他们，将体内的汗水一滴滴榨出，在反复锤炼中获得铁轨般的钢筋铁骨，用一把子力气，释放列车安全行进的信号。

赶上雨雪天气，世界睡得格外踏实，他们仍在全天候待命。

在一阵急促的铃声之后，他们沿着蛛丝马迹仔细搜寻，总能在紧要关头，挽救一个又一个失魂落魄的信号。

机车钳工

没有体面的服装，没有固定的工作量，甚至没有时间离开检修库。机车钳工久居幕后，为列车祛病消灾，成为鲜有人知的铁道隐士。

他们以检修库为家，为每一台前来就医的列车体检，细细寻找病灶，制定医疗方案，抚平它们焦虑不安的小情绪。

被钢铁打磨过的双手与意志，比钢铁本身更为坚毅。他们便是借此，根除一辆辆列车的恶疾。

治疗结束，列车将要重返铁路。

机车钳工放下工具，目送它们离开检修库，像目送自家外出打拼的孩子。

痊愈的列车发出高亢的笛音，带着机车钳工的祝福，开赴他们不曾到过的远方。

接触网工

他们，是铁路线上的高空舞者。

爬上接触网架，蹚过黏人的晚风，他们与导线、承力索、绝缘子同心协力，迎接远道而来的电流，采摘补给列车的果实。

远村宁静，偶有犬吠划破夜色。星辰被云雾缓缓吞噬，不知不觉间，鸡鸣驱赶着朝阳匆匆升起。

清晨的第一辆列车，即将元气满满地驶过。唯有沉默的铁路，见证了接触网工的汗水。

一望无际的输电线是属于铁路的乐谱。接触网工在乐谱上往来腾挪一夜，没留下一丝足迹，却谱出了千万首无声的音乐，应和着列车奔跑的节拍，伴随它一路远行。

调度员

年关将至，世间即将上演春运大戏。

剧组头牌演员当属列车。至于导演，则是一众调度员。

路网图需要仔仔细细研究分析。那是春运的重要剧本。

电话、电脑、对讲机要寸步不离。那是联系演员的必备道具。

遇到突发情况，要随机应变处理问题，绝不允许哪两个演员争执不下。

这场大戏，事关人间团圆，没有哪个镜头经得起补拍。调度员小心翼翼做着动作指导，观察着每一位演员的状态信息。

一切已经就绪，春运的大幕缓缓拉开。

乘务员

随列车穿梭在异地他乡，她们将故乡的柔情融化，融入自始至终的微笑，融入温文尔雅的举止，融入委曲求全的泪水。

她们迎来送往，将万千游子送上回家路——

却不知今年春节，能不能将自己送回故乡？

原载《散文诗》2023 年第 5 期

听 风

徐 泽

民间音乐

我喜欢听箫，那是大地和河流呜咽的声音。

我曾听过一位盲人和小女孩的演唱，在那段细小的时光里，我看到百花盛开。

那是阳光下的河流，河流的两岸落满星星般的野花，蒲公英在阳光下飞呀飞，那是神居住的地方，那里没有痛苦忧愁，那是鸟的天堂。

没有一首歌属于我们自己，除非我们把生冷的钢铁掷回炉火里燃烧，

在黎明的苍茫里埋进我们的血肉，在春天打开包裹，穿着轻松的布鞋上路……

我不知这歌唱的老人和女孩是否来自我的故乡，但一定有着我父辈淳朴的血统，有着我乡下小妹的天真烂漫，有着我生活的影子。

其实我们都是故土中生长的麦子，都是大河的浪花，

我们有着共同的姓氏，将来还会有共同的归宿和翠绿的青草。

又要下雨了，那两只音乐的小鸟，来自民间，来自田野大片油菜染黄的春天，大海和波涛的涌动，再次进入大地敞开的怀抱。大地上有眼泪，同样也有五月盛开的鲜花。

蚂　蚁

大地上最小的生命应该就是蚂蚁了，但他们有着最大的力量，能把一棵大树蛀空，也能让一座大厦倾倒。

一场大雨，或一片洪水，会给蚂蚁带来灭顶之灾。

但一只蚂蚁在一片水中飘动的树叶上生存下来。

他们会借助生存的本能重新回到村庄，他们会重建家园，一切重新开始。

因为他们有信念，这就是他们永远不败的根本原因。

太阳升起来了，草叶上露珠又闪亮了，蚂蚁成群结队地出来散步了。

有时活在地狱充满欲望的人，还没有一只蚂蚁快乐。

你快乐吗？其实最快乐的就是每天看到阳光和露水。

露水是短暂的，人的生命也是短暂的。

又要过冬了，我要像蚂蚁一样储存大地的粮食。

一天的光阴

阳光照在树林里，把所有的树叶都染红了，像流淌着生命之血。

由此我想到大海的涛声。当我听到一首激昂的歌时，阳光又从山坡上落下去，树叶也由光亮转向暗淡，只有高高的铁塔还站在那里。

高高烟囱上的尘埃会落满老人的双肩，那件破旧的风衣，有阳光也有雨水。

小孩奔跑着回家，比运煤的火车还要跑得快，我看到风的影子。

一阵风就把大地刮黑了。我没有点灯，天空都是光的文字。

水上的文字，还是留给水鸟和大树上的喜鹊做梦吧。

原载《散文诗》2023 年第 1 期

遥远的记忆

张咏霖

什么鸟在我心空掠过

之后，有细雨抚摸干涸的草地。

是青春走过的草地，草地上有茁壮的诗行。你美丽的裙裾缓缓摆动，在夏日的诗行上闪着辉光。

一只欢乐鸟翩跹亮丽的羽翅。

之后，远征者举杯壮行。

想到母亲，想到苦难，想到八千里路。每一声呼吸都是乡音，每一片云朵都是笑容。这一刻，你的到来为孤独的思想响一声辽远的歌哨。

之后，生命之扁舟驶向浩瀚大海。

我听到了石头的歌唱，我听到了花朵的歌唱，我听到了时间的歌唱。

之后，我抬起头，我泪流满面。

谁在坚守最初的诺言

搭在时间的羽翼上。看太阳脸红，看流星掠去，看路上的石头缄默不语。

你我皆为石头前的匆匆过客吗？

一朵花有一千种表情。谁还记得第一次灿烂的笑容？

就为了柳丛里的私语，酒馆里的惨醉，楼道里的暗黑而恒定尘缘了吗？你手中的笔要修改哪行诗？阳光、炊烟，还有孩子的笑声，被你流放到哪片土地？

归去来兮。

最初的诺言，被嫁接在罂粟花矫情的额头。我知道：午夜的风荷上，又有一大滴露珠悄然滑落。

而路上的石头没有苍老，只有它听过最初的诺言。而我们已经苍老。而珍存我们诺言的城堡，竟已消失。

起舞于灰色的地毯

太多的疲惫需要抚慰。山溪是世间的睿者，有鸟语也罢，有花恋也罢，有云嘲也罢，有礁阻也罢。反正，一路叮叮咚咚，踩着自己谱就的节拍，高歌而去。

起舞于灰色的地毯。

有萨克斯管透迤着你的情绪更好，有伊莎多拉·邓肯的神韵感动你的心更好，有穿透心扉与你默默相视的目光更好。如果什么都在远方，世界可以寂寞，而你还要等待什么？

起舞于灰色的地毯。

你的痛苦是手里燃得极旺的烟头。在回望昨天之时，你的心亦随之明明灭灭。你完全可以转移一下视线，握住一束欢乐再次启程。

起舞于灰色的地毯。

眼前的颜色是天上流动的云朵。心中的花园永远是阳春三月。你把生命中的这短短一瞬，从黎明前的驿站唤醒。灰色的地毯之外，是一片动人的绿意啊。

原载《北诗歌》2023 年 6 月创刊号

后 记

王剑冰

    今年的散文诗征稿启事发出之后，邮箱几乎天天爆满。看的时候，我时常感到疲累不堪，想不到竟然有这么多关注散文诗的作家。这从另一个角度反映出，散文诗创作队伍大，人员多，确实是处于长期的火热中。

    到了截稿日期，关闭邮箱后，我将选出的作品进行规整，再次筛选。交付出版社，按照对年选本统一篇幅的要求，不得已又删掉了三分之一。

    说实话，散文诗写好很难，写出精品更难。这些年，散文诗逐渐受到了重视，这是好事情。

    希望明年读到更好的作品。感谢大家的支持。

2024 年 1 月

2023 年选系列封面绘图画家介绍

黄少鹏　中国油画学会学术委员会委员、广西美术家协会油画艺委会主任、漓江画派促进会副会长、国家一级美术师、硕士生导师。

《艺圃·空园》 黄少鹏　80 cm×100 cm　布面综合材料　2018 年

黄少鹏画作短评

　　如果说印象派的条件色体系关注的是物象的光色变化，少鹏在意的则是色彩的文化属性。这种属性是古迹在岁月浸润过程中残留下来的永恒色泽。少鹏崇尚魏碑的雄强古拙，这铸就了其艺术强悍的风貌，具有表现主义的性质，又因为书法运笔入画而兼有写意的蕴含。油画讲究画面的结构性和层次感，中国画则以骨法用笔见长。他汲取两者所长，兼具表现主义的强烈情感表达和中国传统写意画的文人内蕴，呈现出一种既粗犷又含蓄温润的个人风格。

——汪鹏飞（油画家）